A

TINA HARF

DER KUSS

FÜNF LIEBEN – FÜNF ERZÄHLUNGEN

ATLANTIK

Atlantik Bücher erscheinen im
Hoffmann und Campe Verlag, Hamburg.

1. Auflage 2020

www.hoffmann-und-campe.de www.atlantik-verlag.de
Umschlaggestaltung: Vivian Bencs © Hoffmann und Campe
Umschlagmotiv: © Dorota Gorecka / Trevillion Images
Satz: Pinkuin Satz und Datentechnik, Berlin
Gesetzt aus der Adobe Garamond Pro
Druck und Bindung: Druckerei C.H.Beck, Nördlingen
Printed in Germany
ISBN 978-3-455-00859-3

HOFFMANN
UND CAMPE

Ein Unternehmen der
GANSKE VERLAGSGRUPPE

FÜR DIE LIEBE

INHALT

DER KUSS

Das Licht war schummerig, in der Luft lag ein modriger Geruch, nur die grüne Tischtennisplatte schien real, der Rest der Welt weit weg, irgendwo da oben.

Marco hatte die Partie gewonnen und behauptete, er könne sich nun etwas wünschen, und das sollte ein Kuss sein, ein Kuss von Pauline.

Pauline wurde ganz heiß, sie hielt sich an ihrem roten Tischtennisschläger fest, sie wusste doch gar nichts vom Küssen, was genau sollte sie denn machen, was erwartete er wohl? Er, Marco, von dem sie heimlich träumte, weil er so toll aussah, der stärkste Junge im Viertel, der frechste in der Klasse, der mit den großen dunklen Augen und dem verwegenen Mund. Sie konnte nicht lange nachdenken, denn da stand er schon vor ihr, legte die Hände auf ihre Schultern, sie schaute verzagt zu ihm hoch, er war so groß und plötzlich fast erwachsen, so kam es ihr vor. Dann schloss sie einfach die Augen und spürte seine Lippen auf ihren, mit ganz leichtem Druck, nicht zart, nicht fest, irgendwas dazwischen. Sie hatte mal gelesen, es sollte süß schmecken beim Küssen, aber es schmeckte eigentlich nach gar nichts, war nur verwirrend auf eine schöne Weise, und Pauline wurde ein wenig schwindlig.

Es fanden noch ein paar Partys statt, auf denen Marco sie verstohlen und verborgen vor den Augen der anderen küsste, doch dann war die Grundschule vorbei, er ging auf eine andere Oberschule. Pauline hat ihn nie wiedergesehen.

Als Pauline zum Teenager herangereift war, fingen die Jungen an, ihr auf der Straße und in der Schule hinterherzustarren. Sie pfiffen, sie machten Witze über sie, aber es lag auch eine gewisse Anerkennung in den Sprüchen, die Pauline tagtäglich zu hören bekam. Genau wusste Pauline nicht, woran das lag, aber sie ahnte, dass es ihre langen Beine waren, ihr rund gewordener, zarter Busen, ihre weiblicheren Hüften und ihr schwingender Gang, der ebenso wie alles andere ungeplant und wie von selbst entstanden war.

In der grauen Wohnsiedlung, in der sie mit ihrer Mutter lebte, war der lebendigste Ort ein kleiner Imbissladen, Currywurst, Bouletten und Pommes wurden da verkauft, außerdem abgepacktes Speiseeis aus einer Truhe, über der eine ehemals bunte, inzwischen von der Sonne verblichene Verkaufstafel hing. Am meisten Umsatz machte der Laden mit kleinen Schnapsflaschen, die eine magische Anziehungskraft auf viele Anwohner ausübten, natürlich gab es auch Fanta, Cola und Kaffee und zwei wacklige Tische mit jeweils vier Plastikstühlen, die im Laufe der Zeit mit Filzstift beschmiert worden waren. Der Imbissladen war der Treffpunkt der Jugendlichen, meist lungerten sie davor herum, sogar im Winter; bei Regen gingen sie auch mal rein, dann kauften sie für alle zusammen eine Cola und starrten in die trübe Außenwelt.

Pauline war oft da, sie hielt es in der dunklen, schäbigen Wohnung nicht aus und flüchtete, sobald sie nur konnte. Sie unterhielt sich mit den anderen Mädchen, die für ihr Alter viel zu stark geschminkt waren, ihr weniges Geld für Piercings oder Tätowierungen ausgaben, beobachtete die Jungs, schnorrte ab und zu eine Zigarette und hing eben einfach herum. An den Sommertagen hatte meist einer einen Ghettoblaster dabei. Dann dröhnte die Musik, der Beat war hart, einige tanzten eine Art Hip-Hop, als wären sie in der New Yorker Bronx.

Der beste Tänzer, der sich sogar auf dem Kopf drehen konnte, wenn er seine Mütze trug, war Thomas. Er wohnte im Hochhaus nebenan, ein großer, blasser Typ mit schlechten Zähnen und braunen, ungekämmt wirkenden Haaren. Das Auffälligste an ihm war seine schwarze Lederjacke mit dem großen aufgedruckten Bullenkopf hintendrauf. Mit Thomas unterhielt sich Pauline manchmal.

Als es an einem Abend im Juli dunkel wurde, löste sich die Gruppe auf. Einige wollten noch in die Stadt, andere waren wegen der Wärme schlapp und gingen nach Hause.

»Wo willst du denn jetzt hin?«, fragte Thomas.

»Ich geh nach oben.« Pauline deutete mit dem Kopf auf ihr Hochhaus.

»O. k., na, ich bring dich«, sagte Thomas.

»Echt?«, fragte Pauline.

»Warum nicht?«, gab Thomas zurück.

Sie schlenderten nebeneinander her.

»Wie geht's eigentlich deinem Vater?«, fragte Pauline.

»Findet keine Arbeit. Die meisten Fliesenleger arbeiten schwarz, aber er hatte Zoff mit seinem letzten Bauleiter, der gibt ihm keine Jobs mehr, verstehst du? Ab und zu geht er zum Amt, sind alles Penner, die haben auch nichts für ihn.«

»Echt blöd«, antwortete Pauline.

»Mal wieder was von deinem Alten gehört?«, fragte Thomas.

Pauline schluckte. »Nee, keine Ahnung, was der macht, vielleicht malt er immer noch abstrakte Bilder und so. Vielleicht lebt er auch gar nicht mehr.«

Thomas reagierte nicht.

»Und was hast du vor? Mit der Arbeit, meine ich«, fragte Pauline schnell.

»Weiß nicht«, antwortete Thomas. Er zog seine Jeans hoch, weil sie ihm beim Laufen von den Hüften rutschten.

»Du wolltest doch nach einer Lehrstelle suchen, oder?«

»Alles scheiße. Ich will nicht auf dem Bau ackern wie mein Alter. Und auf Autoschlosser hab ich auch keinen Bock.«

»Nee, schon klar!«, sagte Pauline.

»Vielleicht werde ich ja Tänzer. Für Musikvideos, oder so.«

Pauline schaute ihn kurz von der Seite an, sagte aber nichts. Schweigend gingen sie weiter, bis sie vor Paulines Haus ankamen. Der Eingang war nur mäßig erleuchtet, zwei der drei Glühbirnen in der runden Lampe über der Tür waren schon seit längerer Zeit durchgebrannt.

Sie holte ihren Schlüsselbund aus der Jackentasche und wollte sich von Thomas verabschieden. Da kam er plötzlich näher und näher, Pauline wich zurück, doch das hielt ihn nicht davon ab, sie an die Glastür zu drängen. Pauline schaute sich um, es war niemand da, und selbst wenn jemand sie sehen würde, wäre es egal, hier guckte man weg, hier war jeder auf sich gestellt, ob alt oder jung, ob Frau oder Mann.

»Thomas!«, sagte Pauline.

Er griff nach ihrem Handgelenk, und Pauline ließ vor Schreck den Schlüssel fallen. Scheppernd fiel er auf das Metallgitter vor der Tür.

»Nein, Thomas, hör auf!«, rief Pauline.

Doch er zog sie an dem Revers ihrer Jeansjacke an sich heran.

Sie versuchte, sich frei zu kämpfen, aber Thomas riss sie

noch enger an seine Brust, beide stolperten ein paar Schritte, bis Pauline mit ihrem Hinterkopf gegen die Glastür stieß.

»Lass mich los!«, rief Pauline.

Sie bekam kaum Luft, ihr Kopf tat weh an der Stelle, an der sie gegen das Glas geschlagen war, und Thomas' schlecht riechender Atem war plötzlich überall in ihrem Gesicht.

»Küssen wird ja wohl noch erlaubt sein«, raunte er.

Er presste seine schmalen Lippen fest auf ihre, und gerade, als Pauline aufschreien wollte, drückte er ihr seine Zunge in den Mund, die sich hart anfühlte und nass und riesig und so ekelhaft, dass Pauline dachte, sie müsste sich auf der Stelle übergeben. Seine Zunge stieß an ihren Gaumen und wühlte in ihrem Mund herum, bis Pauline würgte und er endlich von ihr abließ.

Da gab Pauline ihm mit aller Kraft einen Stoß, bückte sich, hob blitzschnell die Schlüssel auf, öffnete die Tür und schlüpfte ins Haus. Sie wollte Thomas nicht anschauen, sie rannte einfach nur zum Fahrstuhl, wischte sich die Lippen ab, fuhr mit dem Fahrstuhl in den 12. Stock, lief zur Wohnung, schloss mit fahrigen Fingern auch diese Tür auf, stürmte ins Badezimmer und drehte den Wasserhahn auf. Weit vornübergebeugt, hielt sie ihren Mund unter den Hahn, ließ das Wasser über Lippen und Kinn laufen, nahm Wasser in den Mund, spülte und spülte, gurgelte schließlich, spülte weiter und gurgelte wieder, bis sie Geräusche in der Wohnung hörte. Sie griff zu einem Handtuch, tupfte den Mund ab, schaute ins Wohnzimmer und hörte das Schnarchen ihrer Mutter nun deutlicher. Sie lag bei laufendem Fernseher auf dem Sofa, schlief, neben ihr auf dem Fußboden die leere Schnapsflasche.

Pauline ließ sich in den Sessel fallen.

Zwei Jahre später wurde Pauline 16 Jahre alt. Ihre Mutter hatte den Job in der Fabrik verloren, sie war zu oft angetrunken oder noch nicht ausgenüchtert, wenn sie morgens ihre Schicht beginnen sollte. Das Geld vom Sozialamt würde auf Dauer nicht reichen, Unterhaltszahlungen vom verschollenen Vater waren ohnehin nicht zu erwarten, so ging Pauline von der Schule ab.

Aus einer Krankenschwester wurde kein Arzt, eine Friseuse blieb Friseuse, eine Kellnerin eben Kellnerin, aber als Verkäuferin wäre sie vielleicht nicht für immer festgelegt, überlegte sie. Da wäre sie gewissermaßen im Geschäftsleben, vielleicht ließ sich eines Tages daraus etwas machen.

Pauline hatte Glück: Sie bekam einen Ausbildungsplatz als Einzelhandelskauffrau in einem Kaufhaus. Dort landete sie in der Kurzwarenabteilung. Sie sortierte und verkaufte den lieben langen Tag Reißverschlüsse, Druckknöpfe, Nähgarn, Fingerhüte und allen nur erdenklichen Kleinkram. Nur am Freitag begann ihre Freiheit für kurze Zeit: Da fuhr Pauline nach der Arbeit nach Hause, aß ein Brot mit ihrer Mutter zu Abend, und wenn sich die Mutter vor den Fernseher legte, machte sich Pauline schön, schminkte ihre großen, blauen Augen, ihre Wangen, ihren Mund, kämmte sich die langen dunklen Haare, bis sie schimmerten, und zog sich zum Ausgehen um. Ein enges, knapp taillenlanges Oberteil und enge schwarze Hosen, das war ihr Look, mehr brauchte sie nicht, ihre Figur war so perfekt.

Schon auf dem Weg in die Innenstadt im Bus freute sich Pauline auf das SHAKE, die Disco, die angesagt war, nicht bei den kaputten Typen aus ihrer Wohnsiedlung, nein, bei den Menschen, die in der Woche arbeiten gingen und am Wochenende tanzten unter hüpfenden, bunten Lichtern, stundenlang, bis zur Erschöpfung, bis zum Morgengrauen.

»Hallo, Blauauge!«, sagte der Rabe.

Der Rabe war der Geschäftsführer des SHAKE. Seine Haare waren blauschwarz und dicht wie das Gefieder der düsteren Vögel, aber seine Stimme war sanft, sein Blick so intensiv, dass Pauline die Knie ganz weich wurden.

»Hallo«, antwortete sie leise. Er muss mich beobachtet haben, er kennt sogar meine Augenfarbe, dachte Pauline und schaute verwirrt nach unten, dann wieder den Raben an, der sie amüsiert musterte.

Er war einen Kopf größer als sie, immer elegant gekleidet, sein schwarzer Anzug saß makellos, kein Vergleich zu den Hängehosen und schlabberigen Sweatshirts der Jungs in ihrer Siedlung. Pauline schaute dem Raben hinterher, als er wie üblich durch die Diskothek streifte. Fortan versuchte Pauline, sich unauffällig immer wieder in sein Blickfeld zu schieben. Wenn sie ihn nicht finden konnte, tanzte sie, sie tanzte und tanzte, bis sie alles vergaß, die Kurzwarenabteilung, die Mutter, die Angst. Verschwitzt rannte sie danach zu den Waschräumen, kontrollierte ihr Make-up, ordnete ihre Haare und ging erneut auf die Suche nach ihm.

Eines Abends lächelte sie ihn schüchtern an, er blinzelte ihr zu und gesellte sich wenig später zu ihr.

»Na, wie geht's?«, fragte der Rabe.

»Gut«, antwortete Pauline.

»Bleibst du noch? Dann fahre ich dich nach Hause, und wir können ein bisschen quatschen. Zu laut hier.«

Die letzten Worte sagte er ihr ins Ohr, sie konnte fast seine Lippen auf ihrer Ohrmuschel spüren. Er war ganz nah, sie sog seinen Duft ein, keines der billigen Aftershaves aus dem Kaufhaus, das erkannte sie sofort. Und seine Wimpern, sie starrte auf seine Wimpern, die waren lang und dicht, pechschwarz, sie machten seine Augen geheimnisvoll, ernsthaft, fast tragisch.

Vielleicht war er wie sie, wie Pauline, die auch stets unter vielen Leuten war und doch allein.

Pauline nickte.

Sie konnte ihr Glück kaum fassen.

Drei Stunden später saß sie neben ihm. In einem schwarzen Mercedes Cabriolet. Pauline hielt die Luft an, als sie auf den weichen Ledersitz glitt.

»Und wohin, meine Schöne?«, fragte der Rabe.

Obwohl sie sich fürchterlich schämte, blieb ihr nichts anderes übrig, als ihm die Adresse der Sozialbausiedlung zu nennen. Aber er nickte ungerührt und fuhr los. Trotz einer langen Nacht in der Disco war er munter, plauderte mit Pauline, die eingeschüchtert neben ihm saß und fieberhaft überlegte, was sie sagen könnte, um interessant zu erscheinen, weltgewandt, erwachsen, attraktiv. Ihr fiel überhaupt nichts ein, sie hatte einen weißen Fleck im Kopf.

Als er vor ihrem Hochhaus hielt, schluckte Pauline verzweifelt. Nun wusste er, dass sie nicht nur arm, sondern auch noch phantasielos und langweilig war.

»Wann sehen wir uns wieder?«, fragte er.

Sie trafen sich an den folgenden drei Dienstagen, da hatte die Disco geschlossen. Er holte Pauline ab und brachte sie immer wieder zurück in die Siedlung, nachdem sie im Kino gewesen waren oder etwas essen. Pauline ging freitags nach wie vor ins SHAKE, wartete, bis alle anderen Gäste gegangen waren, und ließ sich von ihm nach Hause fahren.

Beim zweiten Treffen hatten sie begonnen, sich im Auto zu küssen. Erst sanft und behutsam, dann wurden seine Küsse fordernder. Pauline ließ sich hineinfallen in diese Küsse, der Rabe war aufregend erwachsen, er hatte sie ausgesucht, und sie war so verliebt, wie man nur verliebt sein konnte: Sie dachte morgens beim Aufwachen an ihn, beim Duschen, auf der Fahrt zur Arbeit, bei der Arbeit, auf dem Heimweg und vor dem Einschlafen. Es war kaum noch Platz für etwas anderes als für die Gedanken an ihn.

Eines Abends nahm er sie mit zu sich nach Hause. So eine Wohnung hatte Pauline noch nie gesehen: Eine geschwungene lila Sofalandschaft zog sich durch das geräumige Wohnzimmer, flauschige dunkle Teppiche lagen auf gepflegtem Parkettboden, es gab sogar Stuck an den weißen Decken. Vor allem war überall Platz, und es war trotzdem gemütlich. Staunend stand Pauline in der Mitte des Raumes, bis der Rabe sie lächelnd auf das Sofa drückte.

»Heute feiern wir!«, sagte er.

Geschickt öffnete er eine Flasche und goss das sprudelnde Getränk in zwei Gläser, von denen er eins Pauline reichte.

»Was ist das?«, fragte Pauline.

»Spumante«, antwortete der Rabe.

»Alkohol?«

Er lachte. »Ja, meine Kleine. Aber koste mal, schmeckt süß, das mögen kleine Mädchen wie du!«

»Ich bin kein kleines Mädchen«, protestierte Pauline.

Nie trank sie Alkohol, sie hasste allein schon den Geruch, weil dieser Geruch zu Hause überall hing, in der Küche, im Wohnzimmer, im Atem der Mutter. Aber dieser Spumante roch besser als Schnaps. Sie musste dem Raben beweisen, dass sie schon erwachsen war. Vorsichtig nippte sie am Glas.

Aufmunternd prostete er ihr zu, Pauline trank noch einen Schluck und noch einen, fast schmeckte der Spumante wie Limonade, er war köstlich und eiskalt. Der Rabe schenkte nach, und Pauline merkte, wie ihr Kopf ein wenig leichter wurde, wie alles leichter wurde, auch das Reden. Und das Küssen, das war nun berauschender als jeder Spumante der Welt. Pauline küsste ihren Raben, sog sich an seinen Lippen fest, Küssen war wie Essen, lebensnotwendig, und seine Küsse sprachen eine ganz besondere Sprache. Es war die Sprache der Liebe, davon war Pauline überzeugt, wer nicht liebte, konnte nicht so küssen, und so küsste sie, denn sie liebte ihn und wollte nie wieder aufhören damit.

Während er sie vom Sofa zog, sie hochhob und sie in sein Schlafzimmer trug, küsste er sie, auf dem ganzen Weg, in jeder Sekunde, bei jedem einzelnen Atemzug. Er zog sie aus, dann sich selbst, immer seine Lippen auf den ihren, und als er mit ihr schlief, war es ihr erstes Mal, es tat gar nicht weh, es war fremd, aber es gehörte eben dazu, wenn man sich liebte, schließlich war er ein Mann und sie nun endlich auch eine richtige Frau.

Viele Stunden später, nachdem er sie heimgebracht hatte, lag sie in ihrem Bett, erfüllt von glücklichem Staunen. Sie konnte es gar nicht abwarten bis zum nächsten Dienstag, da waren sie verabredet wie immer, und sie wünschte sich, auch diesmal zu ihm zu gehen und die erste Nacht mit ihm zu wiederholen, alles noch einmal zu erleben, wieder und wieder. Endlich war es Dienstag, Pauline fuhr pünktlich mit dem Fahrstuhl hinunter, schaute durch die Glastür auf den Parkplatz, sah ihn nicht, setzte sich auf die Treppenstufe, ließ die Auffahrt nicht aus den Augen und wartete.

Das Licht im Treppenhaus ging nach ein paar Minuten automatisch aus, sie hatte es schon mindestens 200-mal wieder angeknipst, dann war sie einfach nur im Dunkeln auf der kalten Steintreppe sitzen geblieben. Nach einer Stunde gab sie auf. Sie fuhr mit dem Fahrstuhl zurück in die Wohnung, um ihr Herz lag ein enger Ring aus Eis.

Der Mittwoch wurde zur Qual, sie hatte kaum geschlafen, so viele Fragen in ihrem Kopf, auf keinen Fall wollte sie im Club anrufen, das war ja sein Arbeitsplatz, und er würde das wohl als aufdringlich empfinden. Pauline grübelte, was wohl passiert sein konnte, ein Unfall oder eine Familienangelegenheit, ein wichtiger Termin, oder ob sie vielleicht etwas Falsches gesagt oder getan hatte oder zu wenig aufregend gewesen war, nicht sexy genug, sie kannte sich ja noch nicht so aus, doch auch am Donnerstag war sie nicht klüger, nur angefüllt mit nagender Ungewissheit.

Endlich wurde es Freitagabend, sie fuhr mit dem Bus ins SHAKE, sie musste endlich mit ihm reden, alles war sicher nur ein Missverständnis, dachte sie, auch wenn sie das Gegenteil befürchtete. Dann sah sie ihn: Er stand in einer Ecke hinter der Bar mit einer langbeinigen Brünetten. Seine Hand lag auf ihrem Po, seine Lippen auf ihrem Mund, und Paulines Herz gefror.

Drei Tage lang weinte sie. Dann traf sie eine Entscheidung:

Das würde ihr nie wieder passieren!

Sie hatte Spaß mit Mirko, der ganz verrückt nach ihr war, sie aber nicht nach ihm, es gab eine Liebelei mit Hans, danach mit Michael und Friedrich. Schließlich kam Alex, der sie Schneewittchen nannte und ihr Herz auftauen wollte und deshalb zu gefährlich wurde. So folgten Patrick, der Lustige, Bernd, der Ruhige, und Christian, der Kluge. Niemals für länger, niemals der Richtige.

Pünktlich wie immer betrat Pauline morgens um 9 Uhr die Parfümerie. Der Duft verschiedener Essenzen lag in der Luft, Bergamotte, Amber, Magnolie, Rosmarin, Geranium, Sandelholz und noch so einige mehr. Schon auf dem ganzen Weg zur

Arbeit hatte sich Pauline auf einen frischen, heißen Tee gefreut. Zu Hause gab es nicht einmal mehr Teebeutel.

»Guten Morgen, Britta«, begrüßte Pauline eine Kollegin.

»Was hast du denn da an?«, fragte Britta und runzelte die Stirn.

»Wieso?«, fragte Pauline.

Sie trug unter ihrem offenen Mantel schwarze Strumpfhosen, schwarze Schuhe und einen langen grauen Pullover, der zwei Handbreit über dem Knie endete.

»Nee, oder?« Britta schüttelte den Kopf. »Hast du keinen Rock gefunden?«

»Wozu? Man sieht doch sowieso nichts davon.«

Pauline hängte ihren Mantel auf und schlüpfte in den türkisfarbenen Kittel mit dem aufgestickten Schriftzug »Parfümerie am Dom«.

Britta grinste. »Du bist mir schon eine. Ich hab meinen Dispokredit mal wieder überzogen. Hier, guck, sieht doch scharf aus, oder?« Sie wedelte mit einer nagelneuen cremefarbenen Handtasche, die einen riesigen goldenen Verschluss hatte.

»Schön!«, antwortete Pauline.

»Und mein Kleid, was sagst du dazu?« Britta drehte sich einmal um die eigene Achse. »Seidenchiffon!«

Pauline nickte. Sie hatte noch nie etwas aus Seidenchiffon besessen.

»Was machst du eigentlich mit deinem ganzen Geld?«, fragte Britta.

Inzwischen kochte das Teewasser, Pauline goss es in den Becher mit dem Teebeutel.

Pauline lächelte, knöpfte den Kittel zu, drückte den Teebeutel mit einem Löffel aus, holte ihn aus dem Becher heraus und ließ vorsichtig vier Würfel Zucker in den Tee fallen.

Sie schaute zu, während Britta ihr Kleid auch den anderen Kolleginnen vorführte, und genoss den süßen Tee in kleinen Schlucken. Es war die Ruhe vor dem Sturm. Kaum hatte die Mannschaft der Parfümerie die Kasse in Betrieb genommen, neue Tüten aus dem Lager geholt und die Türen weit geöffnet, kamen auch schon die ersten Kunden.

Pauline kannte sie alle. Die biederen Hausfrauen, die gehetzten Managerinnen, die verwöhnten Gattinnen, die verzweifelten Singles, die Verrückten, die Entrückten, die Jünglinge, die eitlen Gockel, die Familienväter im zweiten Frühling, die flirtenden Casanovas und die netten Opas. Eines hatten alle gemeinsam, egal, wie selbstbewusst sie sich in ihrem Leben auch gaben: Beim Kauf von Parfüms wurde Beratung gewollt. Und damit verdiente Pauline ihr Geld. Sie kannte alle Tricks, hatte von erfahrenen Kolleginnen die besten Sprüche gelernt, blieb freundlich bei unangenehmen Kunden, geduldig bei denen, die sich nicht entscheiden konnten, und lächelte, zumindest mit dem Mund, wenn auch nicht immer mit den Augen.

Bis zur Mittagspause verkaufte sie die verschiedensten Parfüms und Aftershaves, von Calvin Klein über Balenciaga bis hin zum neuesten Herrenduft von Joop. Im Kopf überschlug sie die Preise und ihre Provision und nahm sich vor, am Nachmittag noch schneller, noch besser zu sein. Jeder Verkauf zählte, jeder Tag zählte.

»Los, raus hier, wir gehen was essen«, sagte Britta.

»Ich …«, begann Pauline.

»Ja, ja, ich weiß, du hast einen Apfel und eine Banane dabei, ganz toll. Komm, ich lad dich auf eine Pizza ein.«

Widerstrebend ließ sich Pauline von Britta überreden. Sie gingen um die Ecke in ein kleines italienisches Restaurant.

»Eigentlich könntest du mir endlich erzählen, wofür du dein

Geld auf die Seite legst. Und nun sag bloß nicht, fürs Alter, du bist ja noch nicht mal 30.«

»Aber in zwei Monaten.«

»Also dauert es noch eine Weile bis zur Rente. Nun lass dir nicht alles aus der Nase ziehen!« Britta aß vergnügt ihre Pizza und schaute Pauline erwartungsvoll an.

»Ich will nach New York!«, sagte Pauline.

»Nach New York?« Britta dehnte die Worte und riss die Augen auf.

»Ja, das ist mein Traum!« Pauline lächelte. »Es hat etwas mit meiner Mutter zu tun.«

»Ich dachte, deine Mutter lebt nicht mehr. Sie hatte doch einen Unfall, oder?«

Genau genommen war sie volltrunken vor ein Auto gelaufen, durch die Luft geschleudert worden und kurz darauf gestorben, dachte Pauline und schluckte schwer.

»Ja, stimmt. Jedenfalls, wir haben früher oft zusammen amerikanische Spielfilme im Fernsehen geschaut. Das war für sie das Größte, und sie hat immer gesagt: Pauline, eines Tages machen wir es wie Holly Golightly.«

»Holly wer?«, fragte Britta kauend.

»Holly Golightly, die Hauptfigur in ›Frühstück bei Tiffany‹. Das war der Lieblingsfilm meiner Mutter. Mit Audrey Hepburn.«

»Klar, Audrey Hepburn, mitten in New York, kenne ich«, sagte Britta grinsend. »Und nun willst du das ganz alleine durchziehen?«

»Unbedingt! Ich will mit einem Yellow Cab fahren wie Holly, das sind die gelben Taxis, verstehst du, und ich möchte die Fifth Avenue entlanglaufen, ich muss unbedingt zu Tiffany, und ich werde Männer einfach nur Liebling, Herzchen oder

Schätzchen nennen, ich werde machen, wozu ich Lust habe, und es ist mir egal, wenn alle glauben, ich wäre verrückt.« Pauline hatte so schnell gesprochen, dass sie ein wenig atemlos war.

»Tiffany …«, wiederholte Britta und seufzte.

»Hast du schon mal Champagner im Flugzeug getrunken?«, fragte Pauline.

»Nee, nicht mal warmen Sekt.«

Pauline nickte. »Meine Mutter hat immer gesagt, wenn wir es machen, dann mit Stil. Deshalb gehört der Champagner im Flugzeug auch dazu. Ich brauche also ein Ticket in der Business Class.«

»Kostet bestimmt ein Vermögen!«, sagte Britta.

»Genau!«, antwortete Pauline.

»Und wo willst du da wohnen?«

»Im berühmten Plaza-Hotel. Das ist direkt am Central Park und nur zwei Minuten von Tiffany entfernt.«

»Das wird ja auch irre teuer sein.« Britta schüttelte den Kopf.

»Leider.«

»Da musst du dich aber anständig anziehen, nicht so.« Britta zeigte auf Paulines grauen Pullover.

»Schwarzes Kleid mit Perlenkette, Brillantohrringe habe ich nicht, aber welche aus Strass, schwarze spitze Pumps und große schwarze Sonnenbrille«, antwortete Pauline wie aus der Pistole geschossen.

»Alle werden denken, Audrey Hepburn ist unterwegs, dabei ist es unsere Pauline aus der Parfümerie am Dom!« Britta kicherte.

Pauline kaute versonnen auf ihrer Pizza herum und hörte kaum noch zu, was Britta nun erzählte. Sie hatte nicht die Absicht, mehr von sich zu offenbaren als diesen Traum Nummer eins.

Paulines Traum Nummer zwei war ihr Geheimnis: Eines Tages wird sie geküsst werden, ihr Herz wird auftauen, sie wird wissen, dass sie den Mann küsst, den sie lieben kann, bedingungslos und für immer. Wie der Mann aussieht, weiß Pauline nicht, sie weiß nur, dass er stark ist, kein Spinner, kein Phantast und schon gar kein Künstler, wie ihr Erzeuger, der schon kurz nach ihrer Geburt verschwunden war, weil er keine Verantwortung tragen wollte oder ihre Mutter doch nicht geliebt hat oder nicht wusste, was er wollte, nur wusste, was er nicht wollte, nämlich sie, die ungeplante Tochter. Ja, es wird ein Kuss kommen, der schönste Kuss ihres Lebens, der ihr zeigen wird, wer der Richtige ist!

Es war bereits Feierabend, aber Pauline räumte noch auf und sortierte an den Stellen neue Ware in die Regale, an denen durch einen erfolgreichen Tag Lücken entstanden waren.

»Guten Abend, Mala.« Pauline nickte der Putzfrau zu, während sie weiter glänzende Kartons mit Parfüm in eine Schublade legte.

Mala hob schüchtern den Kopf. Sie war klein, sie war jung und ganz offensichtlich erschöpft. Ihr kurzes krauses Haar wirkte stumpf, ihre großen braunen Augen müde. Diesen Blick kannte Pauline nur zu gut, sah die matten Augen ihrer Mutter vor sich, wenn sie nach der Schicht endlich nach Hause gekommen war.

»Wie geht es deinem Kind?«, fragte Pauline.

Sie interessierte sich nicht besonders für Kinder, brach nie in Rufe des Entzückens aus, wenn sie Neugeborene oder Kleinkinder sah, sie fühlte einfach nichts. Ich fühle mit dem Kopf, dachte Pauline oft. In ihrem Kopf wusste sie, was gut war und was böse, was richtig war und was falsch, wie man sich Mitmenschen gegenüber benehmen musste und wie nicht, aber ihr Herz blieb stumm.

»Gut«, antwortete Mala leise.

»Wie alt ist es denn jetzt?«, fragte Pauline, mehr aus Höflichkeit und damit Mala nicht dachte, sie fühlte sich als was Besseres, weil sie Parfümverkäuferin war und keine Putzfrau. Sie wusste, dass Mala ein Kind hatte, konnte sich aber nicht mehr erinnern, ob mal von einem Mädchen oder einem Jungen die Rede gewesen war.

»Sie ist drei Jahre und sieben Monate«, sagte Mala. Ihr Akzent war deutlich hörbar, aber sie sprach inzwischen ganz gut Deutsch.

Ach ja, ein Mädchen, dachte Pauline. Mala, diese tapfere Frau aus dem fernen Afrika mit ihrer schönen, dunkel glänzenden Haut, hatte eine Tochter.

»Bring sie doch mal mit«, sagte Pauline.

»Nein!«, rief Mala sofort. Sie fuhr sich mit einer Hand über die Stirn und schüttelte den Kopf. »Besser nicht«, wiederholte sie, diesmal ganz leise.

Pauline schloss die Schublade. Mala ist schüchtern, dachte Pauline. Sie steckte Mala noch eine kleine Parfümprobe zu, nahm Mantel und Tasche und verließ endlich die Parfümerie.

Am nächsten Morgen schreckte Pauline hoch. Hatte sie den Wecker etwa überhört, sie durfte doch nicht zu spät kommen. Die Schrecksekunde ging vorüber, sie war einfach nur eine halbe Stunde früher aufgewacht, sie konnte noch ein paar Minuten liegen bleiben, bevor sie aufstehen musste. Sie räkelte sich in ihrem übergroßen Bett, das in ihrer Einzimmerwohnung riesig aussah. Der Rest der Wohnung war karg, nüchtern. Ein kleiner weißer Tisch mit Laptop und weißem Klappstuhl diente als Schreibtisch und gleichzeitig als Esstisch. Daneben ein hellblaues Zweisitzersofa. Fertig. Miniküche, Minibadezimmer, alles war klein, aber dafür war auch die Miete gering.

Eine Dreiviertelstunde, eine heiße Dusche und ein Glas Wasser später war Pauline so weit. Ihre langen, dunklen Haare fielen ihr in Wellen über die Schulter, umrahmten ein zartes Gesicht mit sehr heller Haut und großen blauen Augen. Sie benutzte nicht viel Schminke, hatte die Augen mit ein bisschen Wimperntusche betont und musste nur noch schnell den Lippenstift auftragen. Pauline stutzte auf einmal und zog die Augenbrauen hoch.

»Was ist das denn?«, fragte sie laut.

Im Kosmetikspiegel sah sie einen bräunlichen Punkt auf ihrer Unterlippe. Sie rieb mit dem Finger darüber. Der Punkt blieb, wo er war. Sie nahm einen Wattebausch, drückte Gesichtsreinigungsmilch darauf, wischte mehrmals über den Punkt, von links nach rechts, von rechts nach links. Aber der Punkt war ein Punkt. Irritiert überlegte Pauline, wo der Punkt herkommen konnte. Gestern in der Mittagspause war sie mit Britta durch die Innenstadt spaziert, die Sonne hatte geschienen, vielleicht hatte sie eine Sommersprosse bekommen, mitten auf der Unterlippe, eigentlich wirklich ganz genau in der Mitte ihrer wunderschönen, vollen Unterlippe. Sie warf den Wattebausch in den Kosmetikmülleimer, biss mit den Zähnen auf die Unterlippe, nagte an der Haut, der Punkt war noch da, aber wenn die Lippe sich rot färbte, fiel er kaum noch auf, man musste schon wissen, wo er genau lag. Schnell malte sie den Lippenstift darüber, der Punkt war weg.

Eine Woche später erschien es Pauline, als wäre der braune Fleck in der Mitte ihrer Unterlippe größer geworden. Jeden Morgen hoffte sie, er wäre über Nacht verblasst, verschwunden, ebenso plötzlich, wie er sich eingenistet hatte auf ihrem Mund.

Einen Monat nach seinem Auftauchen konnte Pauline ihn nicht mehr mit ihren hellen Lippenstiften abdecken, nur noch mit den kräftigsten Farben. Der Punkt war dunkel geworden. Fast schwarz. Und noch ein bisschen größer.

Inzwischen dachte sie tagsüber ab und zu an den Punkt, er wollte ihr nicht aus dem Kopf, natürlich wollte sie nicht an ihn denken, besonders nicht auch noch abends nach einem anstrengenden Arbeitstag wie heute. Sie erledigte gerade die letzten Aufräumarbeiten kurz nach Geschäftsschluss, während Mala schon wieder da war und den Fußboden wischte, als das Wischgeräusch plötzlich aufhörte. Pauline guckte automatisch zu Mala, die nur einen Meter von ihr entfernt stand.

»Na, Mala, wie immer fleißig?«, fragte Pauline.

Mala antwortete nicht. Sie schaute auf Paulines Unterlippe. Dann nickte Mala und setzte hastig das Wischen fort.

Pauline guckte in den nächsten Spiegel. Ihr Lippenstift war nicht mehr sichtbar, dafür der schwarze Punkt umso mehr.

»Hässlich, der Punkt, oder?«, fragte Pauline, zu Mala gewandt, und tippte auf ihre Unterlippe.

»Nein, nein, sehr hübsch, dein Mund«, antwortete Mala und schaute schnell wieder weg.

»Aber du hast ihn gesehen, er fällt auf, oder?«

»Dumme Angewohnheit von mir, Leuten auf den Mund zu gucken«, murmelte Mala.

»Meinst du, er wird weiterwachsen?« Pauline fragte mehr sich selbst als Mala. Die afrikanische Putzfrau war sicher keine Expertin, aber vielleicht brauchte sie einen Fachmann, jemanden, der davon was verstand.

Mala guckte sie ratlos an.

»Schon gut«, sagte Pauline.

Nichts ist gut, dachte sie.

Coral Pink war zu hell, *Wild Rose* genauso, *Magic Mango* hatte nicht genug Deckkraft, genauso wenig wie *Violet Shine*, nur der Lippenstift *Amour Red*, dreifach aufgetragen, versteckte noch den Punkt, den Pauline nun sogar zu spüren meinte. Er machte sie verrückt, und vor allem machte er ihr Angst.

Britta reichte Pauline nun *Burgundy Deep*. »Hier, probiere den mal, der ist wirklich richtig dunkel.«

»Na toll!« Pauline stöhnte. »Solche Farben stehen mir überhaupt nicht. Was ist das nur für ein Ding?«

»Ich weiß nicht«, sagte Britta. »Könnte eine Pigmentstörung sein.«

»Ja, im besten Falle«, antwortete Pauline.

»Oder es wird eine Warze«, spekulierte Britta weiter.

»Schöne Aussichten«, murmelte Pauline.

»Na ja, oder es ist …«

»Nein, nein, sag es nicht, sag es bloß nicht.« Pauline legte Britta die Hand auf den Mund. Beide schauten sich mit weit geöffneten Augen an.

Pauline ging zum Hautarzt.

»Ich mache mir Sorgen wegen dieses Punktes hier, er ist ganz plötzlich gekommen und wird immer dunkler«, sagte Pauline und tippte sich auf die Unterlippe.

Der Arzt griff unzart an ihr Kinn und schaute durch dicke Brillengläser auf den Punkt.

»Eine Lappalie!«, sagte er und warf ihr einen Blick zu, als wäre sie ein lästiges Insekt, das seine Zeit stehlen würde.

»Nichts Ernstes?«, fragte Pauline. Sie wollte sich nicht einschüchtern lassen. Der Mann war ein Grobian, aber immerhin ein Facharzt.

»Wohl kaum«, antwortete er.

»Sie glauben nicht?«

»Nein.«

»Können Sie mit Sicherheit sagen, dass es nichts Gefährliches ist?«, fragte Pauline.

»Nein, was ist schon sicher? Dafür gibt es Pathologen, die Hautstücke untersuchen. Ich kann nicht in die Zukunft gucken, momentan erscheint mir der Fleck harmlos, aber es ist natürlich möglich, dass er weiterwächst.«

Pauline nagte mit den Schneidezähnen an dem Punkt.

»Dann wäre ein Eingriff natürlich schwerwiegender.«

»Ein Eingriff?« Pauline stöhnte.

»Wenn Sie den Fleck jeden Tag anstarren und Sorge haben, dass die Zellen entarten könnten, was man natürlich nie ausschließen kann, dann wäre es besser, den Fleck jetzt zu entfernen, je eher, desto besser.«

»Und entfernen heißt?«, fragte Pauline.

»Rausschneiden, natürlich!«

»O Gott, aber wie sehe ich denn dann aus?«

»Ganz schrecklich!«, antwortete der Grobian und grinste.

Pauline war sprachlos. Der findet das witzig, dachte sie. Der meint, er hätte Macht, weil er ein Skalpell benutzen darf. Der wird mich schon aus Rache an allen schönen Lippen dieser Welt verstümmeln, dieser Arzt mit seinen schmalen, eher ungesund bläulichen Lippen. Er ist unter Garantie ein schlechter Küsser, dachte Pauline, ein hastiger, der keine Sinnlichkeit kennt.

»Lassen Sie sich beim Rausgehen einen Termin von meiner Sekretärin geben, dann schneide ich das Ding weg!«

Der Mann ist eher Sadist als Ästhet, dachte Pauline. Wie er da vor ihr stand mit verschmierter Brille, ungepflegt, ein wenig verschwitzt, mit dickem Bauch, groben Händen und dicken Fingern. Dieser Mann kann meinen Traum Nummer zwei zerstören. Wie soll ich beim Kuss meines Lebens erkennen, wer der Richtige für mich ist, wenn ich nicht mehr küssen kann?

Fluchtartig verließ Pauline die Praxis.

In den nächsten Tagen recherchierte sie im Internet, sprach mit ihrem Hausarzt, ging zu einem weiteren Dermatologen und einem Kieferorthopäden, der geschult war als plastischer Chirurg, wählte schließlich diesen Letzten aus, denn sie traute ihm zu, mit Vorsicht und Verstand den Punkt zu entfernen.

An dem Morgen, an dem sie den Termin hatte, musste sie sich vor Aufregung übergeben. Weil das einzig echte Gefühl, das sie spüren konnte, die Angst war. So fühlte sie sich wie auf dem Schafott, als sie auf dem Behandlungstisch lag, auf dem sie operiert werden würde.

Der Arzt begrüßte sie freundlich, gab ihr eine Spritze zur Betäubung in ihre schöne Unterlippe und ging erst mal wieder hinaus, bis die Injektion wirkte. Allein der Einstich war für Pauline schon das Grauen, nicht, weil er wehgetan hatte, sondern weil sie wusste, nun würde es bald geschehen, nun war es so weit. Sie blieb vorerst mit einer Krankenschwester allein, die nicht redete und Pauline ihren düsteren Gedanken überließ. Die Lippe wurde langsam taub und schwoll wohl an zu einem riesigen Ballon, so kam es Pauline zumindest vor.

Als der Arzt dann plötzlich neben ihr stand und Pauline ein Skalpell aufblitzen sah, schloss sie die Augen. Ihr Herz raste und raste, sie wunderte sich noch, dass es so schnell klopfen konnte, ohne dass es einen Kurzschluss gab, und sie fühlte, wie ihre Unterlippe bearbeitet wurde, wie etwas eindrang in ihre Haut.

Sie hatte keine Schmerzen, aber sie wusste, dass es schrecklich bluten musste, denn nicht umsonst waren ihre Lippen so wunderbar rot. Der Arzt hatte ihr erklärt, dass er einen Keil der Lippe herausschneiden musste, denn der Punkt musste vollständig entfernt werden für den Fall, dass er harmloser aussah, als er war. Ein Keil, das wird ein dreidimensionales Dreieck sein, eine Pyramide, die nach innen ragt, stellte sich Pauline vor, ein gewaltiges Stück Lippe, das fehlen wird, und ihr Herz raste und raste weiter, während sie hörte, wie das Skalpell in eine Metallschale fiel.

»So, das hätten wir«, sagte der Arzt. »Jetzt setze ich eine Naht, die Narbe wird sicher kaum sichtbar sein.«

Was heißt denn kaum sichtbar? Entweder sie ist sichtbar oder nicht sichtbar. Höchstwahrscheinlich hatte sie nun einen hässlichen Mund, vielleicht ein wenig schief, auf jeden Fall mit Narbe, ein Stück wird fehlen, das hundertprozentig. Und ihr Lächeln? Wird sie noch ihre Kunden anlächeln können, oder wird ihr Lächeln verzerrt aussehen? Wird die Lippe taub bleiben, gefühllos, verstümmelt, oder könnte sie weiterhin merken, wenn sie dort, dort in der Mitte der Unterlippe berührt, geküsst wird?

Der nette Arzt half ihr, sich aufzurichten.

»Es wird gut heilen«, sagte er. »Ich werde die herausgeschnittene Haut pathologisch untersuchen lassen. Kommen Sie bitte in einer Woche wieder, dann ziehe ich den Faden.«

Pauline nickte und ließ sich ein Taxi rufen. Zu Hause legte sie sich ins Bett, die Angst, die sich stundenlang in ihr ausgebreitet hat, machte sie nun benommen. Außerdem ließ die Betäubung nach, der Schmerz setzte ein, ein Ziehen und Pochen, es war ihr unheimlich, sie versuchte, es nicht wahrzunehmen, nicht noch mehr Furcht aufkommen zu lassen.

Deshalb wollte sie einfach nur so daliegen und ein paar Filme schauen, nicht denken, nicht reden und vor allem nicht in den Spiegel gucken.

Das hatte Zeit bis morgen.

Ich habe eine schwarze Steppnaht auf der Lippe, dachte Pauline am nächsten Tag und starrte sich im Vergrößerungsspiegel an. Die Unterlippe war geschwollen, und genau in der Mitte hielt eine Zickzack-Naht mit einem schwarzen Faden die herausoperierte Stelle zusammen. Gruselig. Pauline verzog das Gesicht. Sie ging näher an den Spiegel heran, aber sie konnte nicht erkennen, ob der Faden schon immer schwarz war oder erst durch ihr Blut so dunkel geworden war. Vorsichtig fuhr sie mit der Zungenspitze über die Lippe. Es tat nicht weh. Erstaunlich, fand Pauline, denn es sah grotesk aus und so, als würde es Höllenschmerzen verursachen.

Am Tag nach der Operation wagte sie sich nicht auf die Straße. Doch schließlich musste sie aus der Wohnung und dem schützenden Bett hinaus, wenigstens zum Briefkasten, denn ihr Chef brauchte ihre schriftliche Krankschreibung vom Arzt. Pauline wollte, dass alles seine Ordnung hatte, auch wenn sie den Grund ihrer krankheitsbedingten Abwesenheit verschwiegen hatte. Nur Britta wusste Bescheid, und die würde dichthalten.

Mit gesenktem Blick und dem Brief mit der Krankschreibung in der Hand lief sie schnell die Straße entlang, in der sie wohnte, schaute niemanden an, schaute nur runter auf die kleinen Pflastersteine, marschierte weiter eine Hauptstraße entlang, bog schließlich um eine Ecke und lief geradewegs in jemanden hinein.

»Entschuldigung«, sagte ein Mann.

»Entschuldigung«, sagte auch Pauline, ohne ihn anzusehen.

»Schneewittchen?«, hörte sie ihn fragen.

Pauline schaute hoch. Vor ihr stand eine Mischung aus James Dean und Robert Redford. Vor ihr stand ein großer Mann mit dichtem blondem Haar und blitzenden blauen Augen. Vor ihr stand Alex.

»Du? Was machst du denn hier?«, fragte Pauline überrascht.

»Ich wohne hier in der Nähe. Und du, Schneewittchen? Wo hast du dich versteckt?« Alex lächelte, als würde er sich über sie amüsieren.

Pauline stand nicht im Telefonbuch. Wenn Pauline etwas nicht wollte, dann gefunden werden von Leuten aus ihrem ersten Leben in der Hochhaussiedlung, in der Rabaukenschule, in der Zeit mit ihrer alkoholsüchtigen Mutter. All das war weit weg, vorbei, gelöscht.

»Ich muss zum Briefkasten«, sagte Pauline.

»Hast du noch Zeit für einen Kaffee?«, fragte Alex und strahlte sie an.

Dieses Strahlen, das hatte er schon früher. Schon damals, als sie ihn in einem Bistrot kennengelernt hat, nicht in der Hochhaussiedlung, sondern im Zentrum, wo normale Leute verkehrten. Nur, dass Alex alles andere als normal war. Ein Songschreiber, ein Träumer. Pauline hat ihm nie ihre Telefonnummer gegeben, aber Alex tauchte immer mal wieder auf in den Clubs und Diskotheken, in denen sie verkehrte. So hat sie sich ab und zu mit ihm verabredet. Auch ihre Körper verstanden sich, sie waren jung, sie hatten einfach Spaß. Beim letzten Mal, da hat er ihr ein Märchen erzählt, und Pauline merkte, wie etwas in ihr schmolz, es war ein Märchen, das er selbst spontan erfunden hatte, nicht umsonst schrieb er Songtexte, ihm fiel eben immer etwas ein. Sie war in seinen Armen eingeschlafen wie ein Kind und dann mit Panik erwacht und hat schnell die Wohnung verlassen. Pauline wollte keinen Künstler, das hatte keine Zukunft, und so mochte sie sich nicht mehr mit ihm treffen, als sie es endlich geschafft hatte, aus der Hochhaussiedlung auszuziehen in ihre Höhle mitten in der Stadt.

Und nun stand er hier, als wäre nichts gewesen, und wollte mit ihr Kaffee trinken. Wo sie außerdem so hässlich war mit ihrer operierten Lippe und ganz ohne Make-up und in ihrem schwarzen Schlaf-T-Shirt unter ihrem Trenchcoat.

»Ich weiß nicht«, antwortete Pauline.

»Dann also ja! Komm, wir gehen zum Briefkasten und dann zu mir. Ich habe gerade frische Croissants gekauft.«

Pauline schaute auf die Bäckertüte in seiner Hand.

»Frühstück um vier Uhr nachmittags?«, fragte sie.

»Klar, warum nicht?«, antwortete Alex.

Ohne weiteren Widerstand zu leisten, lief sie neben ihm her, warf den Brief ein, folgte ihm zu einem alten Gebäude in den Hinterhof, stieg in den ersten Stock und stand in seiner Küche.

»Willst du nicht deinen Mantel ausziehen?«, fragte Alex, während er Wasser in die Kaffeemaschine füllte.

»Nein, danke, geht schon.«

»Du willst doch nicht ernsthaft im Mantel frühstücken, oder?«, fragte Alex.

»Ich bin nicht richtig angezogen, wenn du es genau wissen willst«, gab Pauline zurück.

»Macht mir nichts aus.« Alex grinste.

»Mir aber.«

So saß sie da, in seiner Küche, ließ sich Kaffee in einen hellblauen Becher eingießen, obwohl sie fast nie Kaffee trank, gab Zucker hinzu und Milch und rührte, während sie sich umschaute. Es war eine lustige Küche, eine, die gute Laune machte, jedenfalls, wenn man nicht gerade eine Steppnaht auf der Lippe hatte; die Wände waren gelb gestrichen und die Decke hellblau. Pauline schaute an die Decke, die genau zu ihrem Kaffeebecher passte, und trank vorsichtig einen Schluck.

»Autsch, heiß!«, entfuhr es ihr. Das schmerzte auf der Lippe.

Alex guckte sich an ihrem Mund fest. »Möchtest du einen Eiswürfel, hast du dich verbrüht?«

»Nein, nein, es geht schon.«

Was mochte er wohl von ihr denken? Nach all den Jahren ein Wiedersehen, er ist in bester Form, sah toller aus denn je, sie dagegen war heute schlampig, obwohl sie doch sonst nie schlampig war, und ihre Lippe war einfach nur unansehnlich, hässlich.

»Was ist mit deiner Lippe passiert?«, fragte Alex prompt.

»Ich bin operiert worden. Da war ein merkwürdiger Punkt, und der hat mir Angst gemacht, deshalb musste er weg.«

Alex nickte, als wäre das die normalste Sache der Welt.

»Sieht eklig aus, ich weiß«, sagte Pauline leise.

»Nein, irgendwie sexy.«

Pauline starrte Alex an. Ein komischer Mann, dachte sie.

»Was hältst du von einer kalten Cola zu den Croissants? Schmeckt bestimmt auch und kühlt die Lippe«, sagte Alex.

Dankbar nickte Pauline. So saß sie schweigend da, knabberte vorsichtig an dem Croissant und trank kalte Cola in kleinen Schlucken.

»Schreibst du eigentlich noch Songtexte?«, fragte Pauline.

»Sicher, daran hat sich nichts geändert. Inzwischen komponiere ich auch. Soll ich dir was vorspielen?«

Pauline nickte. Er stand auf, reichte ihr die Hand, und sie gingen gemeinsam ins Nebenzimmer. Es war größer als

Paulines gesamte Wohnung. Ein schwarzer Flügel stand am Fenster, daneben sehr viel elektronisches Gerät, ein schwarzes Riesensofa, das mehr einer Landschaft glich, ein Teppich mit Zebramuster, ein Tisch mit Unmengen von Noten und Musikzeitschriften. Der Boden war eine Art Beton, die Wände einfach nur verputzt, alles sehr roh und irgendwie unfertig, kein Nest, dachte Pauline.

Alex führte sie zum Sofa, stellte ihre Cola auf den Tisch und setzte sich ans Klavier. Als sich Pauline in die Sofaecke kuschelte, hörte sie Regen gegen die Fensterscheibe prasseln. Draußen war es ganz dunkel geworden, schwarze Wolken verdeckten die Sonne, und der Regen wurde immer stärker. Alex war nicht fremd, er war ein bisschen erwachsener geworden, weniger James Dean, dafür nun etwas mehr Robert Redford.

Er begann, Klavier zu spielen, die Töne tanzten in der Luft, während es draußen blitzte und donnerte. Pauline trennte sich von ihrem Trenchcoat, und es war ihr egal, dass sie nur ihr schwarzes Schlaf-T-Shirt trug, mit ein bisschen Phantasie sah es ja fast aus wie ein Minikleid, wenn auch wie ein leicht verknautschtes.

Die Coladose war leer, Alex öffnete eine Flasche Weißwein, eiskalt war der Wein, und es gab weiterhin so viel zu erzählen.

Wie es genau angefangen hat, wusste Pauline später nicht mehr, aber er schaute ihr auf einmal so tief in die Augen und dann auf ihren Mund. Er sagte etwas von Lippen so rot wie Blut, genau wie im Märchen von Schneewittchen, und er war näher gerückt, so nah, dass sie seine Wärme fühlen konnte und seinen Duft wahrnahm, ein männliches Parfüm von einer kleinen italienischen Firma, auf dessen Namen sie in ihrer Verwirrung gar nicht so schnell kam. Seine Lippen berührten ihre, oder besser gesagt, erst den Teil der Unterlippe links der Naht, schließlich den Teil der Unterlippe rechts der Naht und wieder von vorn, links und rechts und links und rechts, Küsse über Küsse. Da bewegte sich etwas in Pauline, einer Welle gleich, erst schien sie hin und her zu tanzen, bis sie wirbelte, strudelte, rauschte und Pauline nicht mehr denken ließ.

Dann lag sie nackt und eng an ihn geschmiegt auf dem breiten Sofa, ihr war ganz komisch zumute, Tränen stiegen auf und liefen ihre blassen Wangen hinunter, einfach so, sie hatte keine Ahnung, warum, und Alex küsste sie weg, ohne etwas zu sagen. Bis er doch etwas sagte.

»Kannst du mir etwas versprechen?«

Pauline rührte sich nicht. Sie nickte nicht, sie schüttelte nicht den Kopf, sie lauschte nur.

»Bitte mach dich nicht wieder einfach aus dem Staub. Dass du damals plötzlich nie mehr aufgetaucht bist und ich dich nicht finden konnte, fand ich gar nicht komisch.«

Pauline schmiegte sich enger an ihn.

»Soll ich dir noch ein Märchen zum Einschlafen erzählen, Schneewittchen?«, fragte er und streichelte ihr dunkles Haar.

»Pauline«, antwortete sie und richtete sich ein wenig auf. »Ich heiße Pauline!«

Er reagierte nicht auf ihren Protest und begann, leise zu reden. »Es war einmal …«

Mitten in der Nacht schreckte sie hoch. Sie war an Alex' Brust eingeschlummert, beide lagen unter einer weichen Decke auf dem Sofa. Alex atmete tief und ruhig. Vorsichtig stand sie auf, schaute auf ihn hinunter, auf die blonde Haarsträhne, die ihm in die Stirn fiel, schaute auf seinen entspannten Körper. Pauline hatte Schmerzen, etwas tat weh, die Wellen im Innern waren auch noch da, es war alles falsch, falsch, falsch, dachte sie, ein Künstler, einer, der nachmittags frühstückt und nachts

Märchen erzählt. Sie fand ihr Höschen, ihr T-Shirt, Schuhe und Trenchcoat, sammelte alles ein, schlich auf Zehenspitzen zur Tür, schlüpfte lautlos in ihre Sachen und verschwand.

Bereits drei Tage nach der Operation ging Pauline wieder arbeiten.

»Was machst du denn schon wieder hier?«, fragte Britta und starrte auf ihre Lippe.

»Es sieht schlimmer aus, als es ist«, erklärte Pauline.

»Tut es sehr weh?«, fragte Britta und streichelte Paulines Arm.

»Gar nicht, ehrlich!« Verlegen schaute Pauline Britta an und blieb bewegungslos stehen, bis Britta ihren Arm losließ.

»Bist du sicher, dass du schon wieder arbeiten kannst?«, fragte der Chef.

»Ja, unbedingt, bitte!«, flehte Pauline.

Bloß nicht zu Hause herumsitzen und an Alex denken. Sie brauchte dringend Beschäftigung, Ablenkung.

»Im Verkauf solltest du derzeit vielleicht nicht arbeiten«, sagte der Chef zögernd. »Du könntest dich um die Bestellungen kümmern, solange …« Wieder schaute er auf die schwarze Naht.

»Klar, alles, ich mache alles!«, antwortete Pauline.

So machte sie sich im Büro über Bestelllisten her, kontrollierte Wareneingang und Verkäufe und schrieb Nachorder, bis sie endlich nach dem Entfernen des hässlichen Fadens wieder an vorderster Front stand, sie riss sich förmlich um die Kunden, gönnte sich keine Mittagspause, verkaufte, räumte, beriet, bediente die Kasse, lief hin und her, und es hätte nicht viel gefehlt, dass sie noch Kunden von draußen in den Laden geschleppt hätte, um nur jede Sekunde aktiv zu sein.

Nach dem Ziehen des Fadens war die Lippe noch geschwollen, man sah die Schnitte, und vor allem wartete Pauline nach wie vor auf den pathologischen Befund der untersuchten Hautstelle. Pauline rief in regelmäßigen Abständen vor der Arbeit in der Arztpraxis an, aber die Untersuchungsergebnisse ließen auf sich warten und bereiteten ihr unruhige Nächte, in denen sie sich Schreckliches ausmalte und an Alex dachte und die Gedanken an ihn wegschob, genau wie den Gedanken an Hautkrebs, aber alles kam stets zurück wie ein Bumerang.

»Das Ergebnis ist da!«, sagte der Arzt endlich, als sie zum siebten Mal anrief.

Pauline hielt die Luft an. Sie hörte Papier knistern. »Negativ!«, sagte er.

»Negativ!«, wiederholte Pauline.

Sie war ganz durcheinander vor Anspannung.

»Ist das jetzt gut oder schlecht?«, fragte sie hastig.

»Negativ heißt, dass keine entarteten Zellen gefunden wurden.«

»Dann ist das gut, ja, ganz bestimmt?«

»Ganz bestimmt! Alles in Ordnung!«

Pauline befühlte mit der Zungenspitze ihre Unterlippe. Sie war inzwischen gut verheilt. Wenn man ganz genau hinschaute, sah man eine dünne, weiße Linie, die aber hauptsächlich im Inneren der Lippe verborgen war. Diese Stelle fühlte sich ein bisschen taub an, aber das würde sich geben, hatte ihr der Arzt versprochen. Mit Lippenstift sah man gar nichts mehr, die Lippe war nach wie vor voll und üppig.

Vergangenheit, dachte Pauline.

Nicht mehr dran denken, beschloss Pauline.

An nichts und an niemanden, der etwas mit dem Punkt jemals zu tun gehabt hatte, nahm sie sich vor.

Als sie abends ihre Monatsprovision ausrechnete, war Pauline schon fast glücklich. Am Wochenende würde sie planen, Flüge buchen und das Hotel und anfangen, sich zu freuen, in drei Monaten konnte sie bereits im Plaza-Hotel sitzen und Martini-Cocktails trinken und tolle Leute beobachten und eine der mondänen Frauen in New York sein.

»Ach, ich wusste nicht, dass noch jemand hier ist!« Mala stand in der Tür zum Büro.

»Guten Abend, Mala, du bist aber heute spät dran«, gab Pauline zurück und drehte sich zu ihr um.

Mala schaute sie aus großen, erschrockenen Augen an. Sie trug ein Mädchen mit einem rosa Röckchen und einem blauen Anorak auf dem Arm, das offenbar an ihrer Schulter eingeschlafen war.

»Hast du heute deine Tochter dabei?«, fragte Pauline. Die kleine Mala, die selbst fast noch wie ein Kind aussah, senkte die Augen.

»Ist wirklich kein Problem«, sagte Pauline, »außer mir sind schon alle weg, das merkt doch niemand. Du kannst sie hier auf den Sessel setzen, während du sauber machst.«

Doch Mala drückte das Kind eng an sich. Sie bewegte sich nicht vom Fleck, stand da wie angewurzelt.

Pauline runzelte die Stirn. Als sie aufstand und auf Mala zuging, wich Mala ein paar Schritte zurück, ihre Tochter nach wie vor eng an sich gepresst. Die Kleine bewegte sich auf einmal, sie schien aufzuwachen.

»Wie heißt sie denn?«, fragte Pauline.

In diesem Moment drehte die Kleine den Kopf und folgte der Richtung, aus der Paulines Stimme kam. Sie schaute Pauline aus großen, dunklen Augen an.

Pauline stockte der Atem.

Noch nie hatte sie so ein Kind gesehen.

Ein schwarzes Kind mit kleinen geflochtenen schwarzen Zöpfchen, das versuchte, sie anzulächeln. Nur, dass die Kleine nicht richtig lächeln konnte. Denn dieses Kind hatte dort, wo andere Kinder einen Mund haben, nur ein Loch. Es sah aus wie ein Krater zwischen Mund und Nase, eine dunkle Öffnung, die vom Lippenrot der Oberlippe bis zum Nasenloch reichte. Die Oberlippe war eine verzerrte Wulst mit einer tiefen Einkerbung, schief, grauenhaft.

Hasenscharte nennt man das wohl, dachte Pauline. Sie konnte ihren Blick nicht abwenden, sah die überlang wirkenden Schneidezähne aus der Spalte herausragen, aus diesem Mund, der keiner war und sich nicht schließen ließ.

Wenn die Kleine nicht lächeln kann, kann sie auch nicht küssen, schoss es Pauline durch den Kopf. Ihr wurde komisch zumute, als wären lauter Käfer in ihrem Bauch und als würden Mäuse in ihrem Inneren an etwas nagen. Außerdem wurde ihr heiß, und es brannte überall, das alles kannte sie nicht und war verwundert, dass das der Anblick der Kleinen auslösen konnte.

Das muss Mitleid sein, dachte ihr Kopf.

So fühlt sich Mitleid an, sagte ihr Herz, und sie war erstaunt, dass ihr Herz auf einmal sprechen konnte.

»Ihr Name ist Jamila«, sagte Mala nun leise.

»Jamila«, wiederholte Pauline und konzentrierte sich darauf, gleichmäßig zu atmen. »Wie ungewöhnlich.«

»Jamila heißt schön«, sagte Mala.

Pauline nickte. Sie schaute von Mala zu Jamila und wieder zurück zu Mala.

»Setz Jamila mal in den Sessel. Ich gebe ihr einen Block und einen Stift, dann kann sie malen.« Pauline fand im Schreibtisch, was sie suchte, und legte Jamila den Block auf den Schoß.

»Komm mal mit«, sagte sie zu Mala.

Die beiden gingen in den Verkaufsraum. Es war ganz ruhig, alle Kollegen waren weg, nur die Lichter brannten noch, damit Mala sauber machen konnte.

»Du musst das machen lassen«, flüsterte Pauline Mala zu, weil sie Angst hatte, dass die kleine Jamila sie hören konnte. Pauline zeigte auf die Stelle in ihrem Gesicht, die Stelle, an der bei Jamila eine Höhle war. »Je älter sie wird, desto größer ist die Operation. Außerdem kann sie doch so gar nicht richtig sprechen lernen.«

»Ich habe keine Krankenversicherung«, antwortete Mala, ebenfalls flüsternd. »So eine Operation kann ich mir doch nie leisten.«

»Aber warum hast du denn keine Krankenversicherung. Ich dachte, du wärst legal eingewandert?«

»Das schon, aber die Reinigungsfirma, für die ich arbeite, die hat mich nicht angemeldet, zu teuer. Andere Arbeit habe ich nicht gefunden.«

Da kam Jamila aus dem Büro und hatte ein Blatt Papier in der Hand. Schüchtern gab sie es Pauline.

Eine Sonne, dachte Pauline, sie hat mir eine Sonne gemalt. Und plötzlich spürte sie wieder merkwürdige Wellenbewegungen, die ihr unheimlich waren. Besonders, weil sie sich gerade so schön anfühlten.

In dieser Nacht schlief Pauline wenig. Sie sah Jamila vor sich, den entstellten Mund, versuchte sich ihre Stimme vorzustellen, die nicht zu hören ist, weil Jamila nicht sprach, weil Jamilas Lippen keine sauberen Worte herauslassen konnten. Wie mühsam das Essen wohl sein mochte und erst das Trinken?

Mala hat ihr erzählt, dass die Ärzte sie nach der Geburt gefragt haben, ob sie in der Schwangerschaft geraucht oder Alkohol getrunken hätte. Als ob Mala jemals ihr weniges Geld für so was ausgeben würde. Jedenfalls hatten diese Fragen gereicht, um Mala ein großes Schuldbewusstsein zu verpassen, so ungerecht und falsch das auch war, die Natur tut doch, was sie will, auch wenn wir das nicht verstehen oder wahrhaben wollen, dachte Pauline. So hatte das Universum gleich zwei Menschen todunglücklich gemacht, Mala, die Mutter, die nach wie vor grübelte, warum ausgerechnet ihr kleines Kind mit so einer Missbildung leben musste, und Jamila, die keinen Mund bekommen hatte und die Grausamkeit der Menschen zu diesem Thema zu spüren bekommen würde, spätestens, wenn Kindergarten und Schule begannen. So lag Pauline im Dunkeln und hörte auf zu denken, stattdessen fühlte sie etwas, fühlte den Schmerz der Mutter und den des fremden Kindes.

Als Mala am nächsten Abend zum Putzen in die Parfümerie kam, wartete Pauline schon auf sie. Pauline hatte recherchiert, viel gelesen, viel telefoniert, angefangen bei dem Arzt, der ihren Punkt wegoperiert hatte, bis hin zu den Spezialisten, an die er sie verwiesen hat. Pauline wusste nun, was eine Operation kostete.

Vielleicht könnte sie die hohen Kosten über ihre eigene Krankenversicherung laufen lassen, hatte sie überlegt, aber das würde sofort auffliegen, weil sie ja kein Kind hatte und Jamila nicht einfach als ihr eigenes ausgeben könnte. Es war ihr zwar schrecklich peinlich, aber sie hatte sogar bei den Ärzten vorsichtig gefragt, ob sie nicht auch Operationen gratis oder zum Sondertarif machen würden. Sie hatte niemanden gefunden, der ihr das zusichern wollte. Die Krankenhauskosten waren teurer als der eigentliche Eingriff, sodass sie über eine drastische Abkürzung des Krankenhausaufenthaltes mit den Ärzten diskutiert hatte, aber das Infektionsrisiko wäre zu hoch, wurde ihr erklärt, und man wolle ja das Leben des Kindes nicht gefährden.

All das berichtete sie nun Mala, die ihr mit großen Augen zuhörte.

»Vielleicht kannst du ja einen Kredit aufnehmen?«, fragte Pauline, obwohl sie selbst nicht daran glaubte.

»Nein, nein, ich bekomme so was nicht«, antwortete Mala leise.

Wie auch, dachte Pauline. Sie hat ja nicht einmal offiziell eine Anstellung, geschweige denn irgendwelche Sicherheiten.

»Und Verwandtschaft? Irgendjemand mit ein bisschen Geld?«, fragte Pauline weiter.

»Nur Verwandtschaft in Afrika. Alle sind arm.«

»Freunde?«

Mala antwortete nicht. In ihren Augen lag stumme Verzweiflung. Beide Frauen saßen voreinander.

Pauline hörte sich sagen: »Dann zahle ich eben.«

Ihre Stimme schwang im Raum, einzelne Silben verloren sich in der Luft, der ganze Satz war verschwunden, aber eines blieb: Pauline musste bezahlen.

Die Operation kostete so viel wie Paulines Traum Nummer eins. Sie wird alles verschlingen, was Pauline jahrelang gespart hatte, wofür sie auf morgendlichen Tee zu Hause verzichtet hatte, auf schöne Garderobe, auf eine größere Wohnung, auf Essengehen mit Freunden, auf Geschenke für sich selbst, nicht mal an ihrem eigenen Geburtstag hatte sie Geld ausgegeben.

Nun wird Pauline nicht in der Business Class fliegen, sie wird keinen Champagner trinken, sie wird nicht im Plaza-Hotel in New York wohnen, sie wird nicht auf der Fifth Avenue spazieren gehen, und sie wird nicht die Tür zu Tiffany öffnen und in dem großen Verkaufsraum mit all seinen funkelnden Juwelen stehen.

Stattdessen wird Jamila einen Mund bekommen, einen Mund, mit dem Jamila essen, trinken, lachen, sprechen und küssen können wird.

Mala starrte sie ungläubig an und begann auf einmal haltlos zu weinen. Zu ihrer großen Überraschung merkte Pauline, dass sie mitweinen musste.

Vier Wochen später ging Pauline ins Krankenhaus. Sie hatte so viel Druck gemacht, dass die Ärzte Jamila schnell operiert haben. Heute sollte der letzte Tag sein, morgen wird sie entlassen. Pauline hatte sich bislang zurückgehalten, sie hatte Angst vor Krankenhäusern, inzwischen hatte sie auch Angst vor den neuen Dingen, die sich in ihrem Innern abspielten, sie merkte, dass etwas sich aufzulösen begann, und sie wusste ja nicht, wo sie das hinführte. Aber heute wollte sie sehen, wovon Mala ihr berichtet hatte, wollte sehen, wie gut die Ärzte gearbeitet haben für ihr New-York-Tiffany-Geld.

Mit hochgestecktem Haar und ihrer Audrey-Hepburn-Sonnenbrille auf der Nase, bekleidet mit ihrem engen schwarzen Etuikleid, einer Perlenkette und ihren Strassohrringen, lief Pauline den Krankenhauskorridor entlang, als wäre es ein Laufsteg. Ärzte und Krankenschwestern schauten ihr hinterher, Pauline merkte es nicht, sie hatte nur Jamila im Kopf. Sie klopfte an die Tür und drückte langsam die Klinke herunter. Da strahlten ihr zwei dunkelbraune, glänzende Augenpaare entgegen. Mala und Jamila saßen beide auf dem Bett, sie haben schon auf Pauline gewartet.

Pauline nahm die Sonnenbrille ab. Sie schaute in Jamilas Gesicht. Jamila hatte einen Mund, den Mund, der für dieses schöne Kind gedacht war und den ihm eine Tücke des Schicksals vorenthalten hatte.

»Wie hübsch du bist«, sagte Pauline und lächelte Jamila an.

»Danke!«, antwortete Jamila.

Sie spricht, dachte Pauline. Zum ersten Mal höre ich ihre Stimme, die neu geformte Lippe bewegt sich, alles funktioniert.

Jamila streckte ihr beide Arme entgegen, und Pauline setzte sich aufs Bett. Vorsichtig umarmte sie das Kind, sie hatte noch nie ein Kind in den Armen gehalten und war unsicher, ob sie auch alles richtig machte. Da spürte sie Jamilas Wärme, die nun in jede Zelle ihres eigenen Körpers zu wandern schien. Zart hielt Pauline das Kind fest, streichelte ihr den Rücken. Jamila schmiegte sich an sie, beide hielten sich aneinander fest, als würden sie sich schon ewig kennen.

»Wie können wir das nur jemals wiedergutmachen?«, fragte Mala. »Gibt es irgendwas, was wir dir geben können, irgendetwas?«

Pauline und Jamila trennten sich langsam voneinander, lächelten sich an, und Pauline wandte sich Mala zu.

»Ja!«, antwortete Pauline. »Ja, da ist etwas, das ich haben will.«

»Was?«, fragte Mala.

»Einen Kuss.«

Da schlang Jamila die Arme um Paulines Hals und drückte sanft ihre Lippen auf Paulines Wange. Pauline schloss die Augen. Da war sie wieder, die Wellenbewegung in ihrem Innern, die sie schon mal gespürt hatte, nicht erst bei Jamila, nein, schon einmal vorher, und die das wunderbarste Gefühl auf der Welt war. Das war er, der Kuss ihres Lebens, der Kuss, der ihr die Liebe zeigte, weil sie endlich ganz sicher wusste, wie sie sich anfühlt.

»Du bist bestimmt die gute Fee aus dem Märchen«, sagte Jamila.

»Nein«, antwortete Pauline und schaute Jamila versonnen an. »Eine Fee bin ich nicht.«

»Was dann?«, fragte Jamila.

Pauline zwinkerte Jamila zu.

»Schneewittchen«, antwortete sie.

DAS SPIEL

Es brennt scheußlich auf der Kopfhaut. Außerdem riecht es unangenehm, ein bisschen faulig und ein bisschen nach Chemie. Aber das Brennen an einigen Stellen, das ist das Schlimmste, mal ganz abgesehen vom langen Sitzen.

»Das muss jetzt dreißig Minuten lang einwirken«, sagt die Friseurin und zieht die Plastikhandschuhe aus.

Amelie nickt ihr zu. Sie hört die tiefe, rauchige Stimme der Friseurin gern, obwohl die eigentlich nicht zu ihrem zierlichen, mädchenhaften Körperbau passt. Eine Elfe mit Bariton.

»Wer schön sein will, muss leiden«, antwortet nicht etwa Amelie, sondern die ältere Dame, die in einem türkisfarbenen Lederstuhl neben ihr sitzt und ihre Beine auf der Fußablage ausgestreckt hat. Amelie schaut kurz zu ihr rüber, die vielen goldenen Armbänder ihrer Nachbarin machen bei der kleinsten Bewegung rasselnde Geräusche, und Amelie sieht, dass die Dame dicke goldene Ringe trägt, drei an den Fingern der linken, zwei an der rechten Hand.

Die Gold-Dame hat es gut, bei ihr werden nur die Ansätze nachgefärbt. Amelie hingegen muss heute mal wieder die volle Prozedur über sich ergehen lassen. Erst Blondieren mit Butterblond, danach Strähnen in Platinblond. Damit es nicht so künstlich aussieht und das Haar Lichter hat, wie die Friseurin den Effekt nennt.

»Sie kommen mir irgendwie bekannt vor«, sagt die Goldige zu Amelie.

Die Blicke der beiden treffen sich im Spiegel.

Amelie lächelt freundlich.

»Sind Sie Mitglied im Golfclub?«, fragt die Dame und beugt sich zu Amelie. Erneut klingeln die Armreifen.

»Nein«, antwortet Amelie. Das Lächeln fällt ihr schwer, sie würde gern ihren Kopf unter die Dusche halten, damit das Brennen aufhört, damit ihre Haut befreit wird von der Qual, damit frisches Wasser die geschundenen Stellen kühlt.

»Haben wir uns vielleicht mal in der Oper gesehen?«, rät Madame nun. Wieder schaut sie Amelie eindringlich an, als versuchte sie sich vorzustellen, wie Amelie in einem langen Kleid aussehen könnte oder auch mit hochgestecktem Haar.

Amelie mag keine Opernmusik. Allerdings war sie vor kurzem tatsächlich mit Vincent in der Oper. Sie hat sich schrecklich gelangweilt, die Singerei wollte kein Ende nehmen, und zum Schluss waren alle tot. Nicht sehr erbaulich, fand Amelie, aber Vincent meinte, sie müsse ab und zu etwas in Sachen Kultur erleben. Da hatte er wohl recht.

»Oft gehe ich nicht in die Oper, aber neulich waren wir bei *Tosca*«, erklärt Amelie.

»*Tosca* habe ich lange nicht mehr gehört«, antwortet die Goldbehangene. Sie kneift leicht die Augen zusammen, als würde sie so besser erkennen, wer Amelie eigentlich ist. Man braucht Phantasie, wenn man beim Friseur ist, weil da alle so anders aussehen, ein bisschen hilflos, ein bisschen weniger würdevoll mit nassem Haar und Farbpaste auf dem Kopf.

»Ich komme gleich drauf«, sagt die Dame eifrig. »Es war in

einem Geschäft am Stephansplatz, nein, falsch, in der Bankfiliale, nein, nein, jetzt weiß ich es: in der Apotheke!« Sie schnauft triumphierend, ihr großer Busen hebt und senkt sich, und wieder klingeln die Armbänder heftig.

»O ja.« Amelie nickt und schenkt ihrer Nachbarin ein weiteres Lächeln. »Ich bin Apothekerin, und ich habe tatsächlich in der Apotheke am Stephansplatz gearbeitet.«

Amelie mag ihren Beruf ganz gern. Ursprünglich wollte sie Chemie studieren und in die Forschung gehen. Sie hat keine Ahnung, woher die Begeisterung für Naturwissenschaften kam, aber in der Schule rauschten Sprachen, Musik, Kunst, Geschichte, Geographie und Literatur an ihr vorbei. Nichts fiel ihr wirklich schwer, sie lernte schnell und ohne Mühe, aber als Chemie auf dem Lehrplan stand, da erwachte sie. Alles, was die Lehrer in der Schule erklärten, sog sie auf wie ein Schwamm, verschlang Biographien über Bunsen, Bayer und Bosch, saß stundenlang in der Bibliothek, las über Peptide, Polymere und Phosphate, meldete sich freiwillig, wenn es darum ging, komplexe Experimente vorzubereiten. Ja, zuerst das Chemiestudium und dann in die Forschung, das war ihr Weg.

»Du machst dir das Leben unnötig schwer«, sagte ihr Vater, als sie ihm ihre Berufswahl mitteilte. »Ich habe unter meinen Mandanten einen Chemiekonzern, da sitzen nur Männer in den oberen Etagen, und das ist kein Zufall, glaube mir.«

Der Vater war Notar, hatte seine eigene Kanzlei, und im Zweifelsfalle gab es immer Mandanten, auf die er verweisen konnte.

»Vielleicht könnte ich bei deinem Mandanten mal ein Praktikum machen, da kann ich viel lernen, und du wirst sehen, dass ich mich da durchbeiße«, schlug Amelie vor.

»Und wenn nicht? Wenn du weinend nach Hause kommst, weil das alles zu schwierig ist und dich niemand ernst nimmt? Das wäre eine schöne Blamage!«, antwortete der Vater.

»Aber ich bin gut in Chemie, die Beste meiner ganzen Altersstufe«, antwortete Amelie leise. Der Vater mochte es überhaupt nicht, wenn sie laut sprach, vor allem nicht bei Meinungsverschiedenheiten.

»Das wahre Leben ist aber etwas anderes als die Schule!«

»Schon«, sagte Amelie. »Trotzdem glaube ich, dass ich eine gute Forscherin werden könnte.«

»Das klingt sehr unbescheiden«, antwortete der Vater. »Und unrealistisch. Du hast doch viele Möglichkeiten, werde Lehrerin oder studiere Sprachen und werde Dolmetscherin. Oder Soziologin. Wenn's sein muss, auch Psychologin. So was passt zu dir.« Seine Stimme war drohend geworden. Amelie wusste, sie musste nun sehr vorsichtig sein.

»Marie Curie war aber auch eine Frau«, sagte Amelie, fast flüsternd, »und eine hervorragende Chemikerin!«

»Eine Ausnahme von der Regel gibt es immer«, gab der Vater zurück. Er schaute über den Rand seiner Lesebrille hinweg geradewegs in ihre Augen. Amelie hatte wieder einmal das Gefühl, unter seinem Blick zu schrumpfen.

Hilfesuchend schaute sie zur Mutter. Die nickte ihr unmerklich zu.

»Vielleicht finden wir ja einen Kompromiss«, sagte die Mutter sanft.

Der Vater runzelte unwillig die Stirn. Die Mutter schenkte ihm ihr schönstes Lächeln.

»Kannst du dir Amelie in einer Apotheke vorstellen?«, fragte die Mutter den Vater. »Als studierte Apothekerin, denn studieren sollte sie doch auf jeden Fall, oder?«

Der schaute wieder zu Amelie hinüber. »Meinetwegen«, antwortete er schließlich. »Das ist krisensicher, krank werden die Leute immer. Und Kranke versorgen, das passt zu dir. Das wirst du gut machen, Kind!«

Apothekerin. Das Wort spukte fortan in Amelies Kopf herum. Es war nicht das, was sie wollte, sie träumte von einem Labor, nicht von einer Apotheke, sie träumte von Versuchsreihen, nicht von Rezepten, sie träumte von aufregenden Entdeckungen, nicht von verschnupften Kunden.

Kurz vor dem Abitur holte sie Informationen über das Chemiestudium ein, über die besten Universitäten und Aufnahmebedingungen. Wieder wagte sie einen Vorstoß beim Vater, und wieder lief sie gegen eine Wand. Sie wälzte seine Argumente in ihrem Kopf hin und her, befürchtete noch mehr Streit mit ihm, und ihr Widerstand erlahmte.

Wahrscheinlich hat er recht, dachte Amelie. Dann eben Pharmazie.

Und so war es entschieden.

»Sind Sie nicht mehr in der Apotheke?«, fragt die Goldige und dreht sich zu Amelie. Zwar hat ihre Friseurin sie eben bereits zum Haarwaschbecken gebeten, aber die Dame ist neugierig.

»Nein«, antwortet Amelie.

Die Dame fragt nicht weiter, bewegt sich aber auch keinen Zentimeter in Richtung Haarwaschbecken.

Amelie weiß nicht recht, was sie sagen soll, sie kennt die Dame doch gar nicht und ist ihr keine Erklärung schuldig.

»Ich bin verlobt«, sagt sie plötzlich in die Stille hinein.

»Das ist ja wunderbar!«, jubelt die Dame und lässt einmal mehr ihre Goldreifen klirren, als sie aufgeregt mit den Armen rudert.

»Ja, ganz wunderbar!« Amelie lächelt.

»Wie haben Sie Ihren Liebsten denn kennengelernt?«, will sie nun wissen und beugt sich vertraulich zu Amelie hinüber.

»Wir müssen jetzt wirklich die Farbe rauswaschen!« Die Friseurin hat sich der neugierigen Kundin genähert und bedeutet ihr erneut, zum Haarwaschbecken zu gehen.

Die Goldige erhebt sich unwillig und folgt der Friseurin. »Ausgerechnet jetzt!«

Wo lernt eine Apothekerin Männer kennen? In der Apotheke natürlich: Männer haben Halsschmerzen, Augeninfektionen, Allergien, Schnittwunden, Blasen, Kopfweh, Zerrungen, Nagelbettentzündungen, Grippe und so einiges mehr, was sie schnurstracks in die Arme hilfsbereiter Apothekerinnen treibt. Außer Medikamenten brauchen Männer vor allem Mitleid. Amelie hat ein großes Herz und große rehbraune Augen, das mögen die Kunden, sie lassen sich gern von sanften Frauen umsorgen.

So ist Amelie dramatische Blicke gewohnt, weil so einige Herren der Schöpfung wohl noch an den Schnupfentod glauben, und sie weiß, dass sie geduldig bleiben muss, denn sobald selbst kleinste Wehwehchen ernst genommen werden, setzt schon die erste Stufe der Heilung ein.

Anders als die weiblichen Kunden wollen Männer es gar nicht so genau wissen, sie stellen keine Fragen und erwarten keine Erklärungen zu den rezeptpflichtigen Medikamenten, denn so gern sie auch die kleinen gesundheitlichen Ausrutscher kultivieren, so ungern werden sie als wirklich krank eingestuft, besonders nicht von hübschen Frauen mit Sachverstand. Auch das hat Amelie gelernt, und so ist sie zu Männern mit Rezepten freundlich, gleichzeitig behandelt sie ihre Kunden mit gebotener Achtung, gibt ungefragt keine Kommentare ab und übt sich in angemessener Zurückhaltung.

Eines Tages stand Vincent vor ihr. Groß, breitschultrig, auffällig gutaussehend, mit markanten Gesichtszügen, dunklem dichtem Haar und beginnenden grauen Schläfen. Sein Nadelstreifenanzug sah aus wie maßgeschneidert, jedenfalls saß er einfach perfekt, das Hemd blütenweiß, die Krawatte geschmackvoll.

Er reichte Amelie ein Privatrezept, ein Privatrezept für Vincent Bach. Mit einem Blick auf sein Geburtsdatum erfasste sie, dass er genau zehn Jahre älter als sie war, fünfundvierzig, ein gutes Alter, fand Amelie.

Das Medikament, das er brauchte, war ein Antibiotikum, eines der neueren, moderneren, die auch entsprechend teuer waren. Als er hustete, schaute Amelie kurz auf, bemerkte, dass seine Augen unnatürlich glänzten, dunkle Augen, von denen sie nichts ablesen konnte.

»Verdammter Husten!«, sagte er.

Wahrscheinlich hat er Fieber, dachte Amelie, und eine heftige Bronchitis.

»Ich schaue sofort in den Computer«, sagte sie und hoffte, dass sie das Medikament auch vorrätig hatten. »Ja, wir haben es. Ich hole es Ihnen sofort.«

Amelie drehte sich um und lief zu den Medikamentenschränken. Sie öffnete eine der vielen Schubläden und nahm mit sicherem Griff die Schachtel mit dem Antibiotikum heraus. Zurück am Bedienungstresen drückte sie ein paar Tasten auf dem Computer, der den Preis auf das Rezept druckte.

»So«, sagte sie zu dem großen hustenden Mann. Er reichte ihr sofort seine Kreditkarte, ohne nach dem Preis zu fragen.

»Hoffentlich wirkt das schnell«, sagte er.

»Ja, ich wünsche Ihnen gute Besserung!«, antwortete Amelie.

Er unterschrieb den Kreditkartenbon, und sie gab ihm eine kleine Tüte mit den Tabletten.

»Sie haben schöne Beine«, sagte er auf einmal.

Amelie war für einen Moment perplex.

Sie hatte schon Komplimente für ihre ausdrucksstarken Augen bekommen, für ihre langen Wimpern, für ihr schönes Lächeln, für ihr glattes, glänzendes, braunes Haar, sogar für ihre Hände und ihren weiblich gerundeten Körper. Aber niemals für ihre Beine. Das mochte daran liegen, dass andere Merkmale auffälliger waren, oder auch daran, dass Amelies Beine nicht so schlank waren, wie es kurze Röcke verlangten, und nicht so formvollendet, wie es die Beine der Models in den Zeitschriften als Ideal suggerierten. Amelie mochte ihre Beine nicht besonders.

»Und ich dachte, Sie wären krank«, antwortete sie und konnte nicht verhindern, dass sie lächeln musste.

»So krank kann ich gar nicht sein, dass ich Schönheit nicht erkenne«, gab er zurück. Schon wieder musste er husten. Es hörte sich wirklich schlimm an.

»Sie gehören ins Bett«, sagte Amelie.

»Hm«, sagte er und rührte sich nicht. Er schaute sie einfach nur an. Belustigt. Eindringlich.

Amelie spürte, wie ihr Herz schneller zu klopfen begann.

»Was würden Sie mir sonst noch raten?«, fragte er.

»Viel trinken, gleichmäßige Wärme, keine hohen Kreislaufbelastungen. Und wenn Sie wieder gesund sind, vielleicht mal eine kalte Dusche.«

Er bog den Kopf nach hinten und lachte, lachte, bis er einen schrecklichen Hustenanfall bekam. Amelie lief sofort los und holte ihm ein Glas Wasser.

»Danke«, sagte er. »Auf die kalte Dusche werde ich wohl verzichten, aber ich komme wieder, wenn ich gesund bin.«

»Ja?«, fragte Amelie.

»Ja. Ich muss Ihre Beine noch mal sehen.«

Dann ging er. Amelie atmete tief durch und lächelte.

Drei Wochen später stand er plötzlich vor ihr in der Apotheke. Mit einem großen Blumenstrauß: Calla-Lilien in Weiß und Dunkellila, fast Schwarz.

Wie im Film, dachte Amelie.

Er sah so attraktiv aus wie beim ersten Mal, nur diesmal gesünder. Umwerfend, dachte Amelie.

»Die sind für Sie. Sie haben mich gerettet«, sagte er und reichte ihr die Blumen.

»Das waren wohl eher die Medikamente. Aber es freut mich, dass Sie überlebt haben«, antwortete Amelie und nahm die Callas über den Verkaufstresen hinweg entgegen. Sie fuhr mit dem Zeigefinger vorsichtig über die samtenen Blütenblätter. Die eleganten Blumen sahen unecht aus, aber das waren sie ganz und gar nicht. Amelie hatte noch nie von einem Mann Callas geschenkt bekommen. Rosen schon, auch selbstgepflückte Wiesenblumen und einmal einen kleinen Kaktus.

»Ich heiße übrigens Vincent.« Aufmerksam schaute er sie an.

»Amelie«, antwortete sie.

Hinter ihr tuschelten schon die Kollegen, aber das war ihr egal. Dieser Moment war ein besonderer Moment, das konnte sie spüren, einer, der etwas verändern würde. Es knisterte in der Luft, in der sich ein Hauch von Blütenduft und seine Energie vermischten.

»Ich komme wieder.«

Er lächelte sie noch einmal kurz an und war so schnell verschwunden, wie er gekommen war. Amelie schüttelte verwundert den Kopf.

Als die Callas verblüht waren, tauchte er erneut in der Apotheke auf.

»Ich würde Sie gerne morgen Abend zum Essen einladen. Ich hole Sie um 19.00 Uhr hier ab, ja?«, sagte er.

Seine Körperhaltung und sein Blick waren sicher, er bat nicht, er stellte fest.

»Gut«, antwortete Amelie.

Sie schaute ihm hinterher, als er schnellen Schrittes die Apotheke verließ. Irgendwie schien er es immer eilig zu haben, sicher war er sehr beschäftigt, dachte sie. Aber er hatte etwas, das Amelie in seinen Bann zog. Wie ein Zauberer.

Amelie war aufgeregt. Ein erstes Rendezvous ist etwas Schreckliches, dachte sie. Was ziehe ich an, ob er mich mag, was sieht er in mir, warum ausgerechnet ich, er könnte doch jede haben, welche Schuhe nur, wie trage ich die Haare, hoffentlich fällt mir etwas Gescheites zum Reden ein, wenn er mich nun langweilig findet, ob ich wohl hübsch genug bin für einen so attraktiven Mann?

Es war Sommer, und Amelie entschied sich für ein Blumenkleid mit schwingendem Rock. Der Ausschnitt war schmeichelhaft für ihren runden Busen und den schlanken Hals, auch die Länge des Kleides stimmte, zumindest, wenn sie hohe Absätze trug, sonst sahen ihre Beine nicht gut aus. So trug sie ein Paar weiße hochhackige Riemchensandalen in einer Plastiktüte in die Apotheke, denn sie hatte ja noch einen ganzen Arbeitstag vor sich, bevor er sie abholen kam.

Wenn er kam.

Wenn er es sich nicht anders überlegt hatte.

Vielleicht war er auch zu magisch für sie, eine Nummer zu groß, zu intelligent, zu charmant, zu weltgewandt.

Amelie dachte an ihren Vater. »Sei immer fleißig und bescheiden«, hatte er ihr beigebracht. »Man muss auf dem Teppich bleiben und nicht nach den Sternen greifen«, war einer seiner Lieblingssprüche.

Ob dieser Vincent so ein Stern war und sie eher ein Teppichkind?

Amelies letzter Freund war kein Stern gewesen, sondern ein Langweiler, wie sich bereits nach kurzer Zeit herausstellte. Der Freund davor konnte Amelie nicht das Wasser reichen, sie war zu schnell für ihn, zu schlau, zu wendig im Kopf. Und der Freund davor fand in den Augen des Vaters keine Gnade, zu weich, sagte er, keinen Antrieb, fand er. Damit hatte er wohl recht.

Warum also nicht mal versuchen, einen Stern zu erhaschen?

Amelie kickte im Hinterzimmer der Apotheke die flachen Schuhe von den Füßen und zog die hochhackigen Sandalen an. Kurz vor 19.00 Uhr. Sie war nervös, wunderbar nervös, ihre Haut glühte ein wenig, die braunen Augen blitzten überwach. Noch einmal bürstete sie sorgfältig ihr dunkles Haar und band es zu einem Pferdeschwanz. Ein bisschen Lippenstift, ein letzter Blick in den Spiegel, und er konnte kommen.

Aber er kam nicht.

Nicht um 19.00 Uhr, wie verabredet, nicht um 19.15 Uhr und auch nicht um 19.30 Uhr.

Die Uhr tickte, der Sekundenzeiger bewegte sich immer weiter, ebenso der Minutenzeiger, es wurde später und später.

Amelie sackte im Hinterzimmer der Apotheke zusammen. Ihre Zehen verkrampften sich in den Sandalen. Mechanisch rieb sie mit der rechten Hand über ihren linken Oberarm, rieb und rieb, als müsse sie sich wachhalten oder sich selbst spüren. Dann gab sie sich einen Ruck. Die Kollegen und der Chef waren längst gegangen, sie löschte das Licht, schaltete die Alarmanlage ein und verließ die Apotheke. Gerade, als sie die Tür verschloss, hörte sie hinter sich ein Auto halten. Es war 19.47 Uhr.

Aus einem Taxi heraus sprang Vincent. Mit großen Schritten lief er auf sie zu.

»Amelie, es tut mir so leid, entschuldigen Sie bitte!«, sagte er und nahm ihre Hand.

Sie musterte ihn.

Er ist doch gekommen, dachte sie.

»Ich war in einem wichtigen Meeting, das dauerte länger als geplant, und als ich Sie anrufen wollte, habe ich erst gesehen, dass mein Telefon nicht mehr geladen ist. Aber jetzt machen wir uns einen schönen Abend, ja?«

Ehe sie wusste, wie ihr geschah, saß sie neben Vincent im Taxi. Er war da. Er hatte sich entschuldigt. Amelie versuchte, sich zu entspannen.

Das Restaurant war das berühmte *La Redoute.* Französische Küche, am Eingang Weinschränke mit erlesenen Weinen, in der Mitte des großen Raumes ein gewaltiger Kronleuchter, die Kellner im schwarzen Anzug mit weißem Hemd und Fliege. Man kannte Vincent dort, er bestellte einen Bordeaux, ohne in die Karte zu schauen und empfahl Amelie diverse Spezialitäten. Sie ging relativ oft essen, meist mit Freunden, seltener mit ihren Eltern, wobei teure Restaurants die Ausnahme waren. Aber dieser Abend war ohnehin anders.

»Können wir jetzt mal dieses schreckliche Siezen lassen?«, fragte Vincent, als der Wein serviert war.

»Gern, wenn Sie mir das schreckliche Brüderschaftstrinken ersparen«, antwortete Amelie.

»Klar, also, Santé, Amelie!« Er erhob sein Glas.

Sie tat es ihm nach. »Prost, Vincent!«

»Amelie, das erinnert mich an ein Café in Südfrankreich, es heißt *Chez Amelie.* Man bekommt dort die wunderbarsten Vanille-Eclairs.«

»Lecker«, antwortete Amelie. »Das Restaurant, der Wein, die Eclairs, du hast wohl ein Faible für Frankreich, oder?«

»Ich habe ein Haus in der Nähe von Nizza«, sagte Vincent. »Und du?«

»Nein, kein Haus in Nizza«, antwortete Amelie und grinste.

Wieder musste Vincent lachen. »Ich meine, magst du Frankreich, sprichst du Französisch?«

»Mit Sprachen hab ich es nicht so, aber grundsätzlich liegt mir Italien mehr. Schnecken und Austern sind zu eigenwillig, Spaghetti und Pizza rutschen besser.«

Amelie trank einen Schluck Rotwein.

Vincent antwortete nicht. Er sah ihr in die Augen, sie hielt seinem Blick stand, obwohl ihr innerlich flatterig zumute wurde.

»Das ist gut«, sagte er schließlich.

»Was? Der Gedanke an Pizza?«

»Nein, dass du deinen eigenen Kopf hast. Dann macht das Spiel mehr Spaß.«

»Das Spiel?«, fragte Amelie.

Er ging darauf nicht ein. »Ich weiß noch nicht sehr viel von dir. Du arbeitest in der Apotheke, bist du richtige Apothekerin?«

»Gibt es unrichtige Apothekerinnen?«

Vincent lachte. »Du weißt schon, Apothekenhelferinnen, Verkäuferinnen, keine Ahnung, wer so alles in einer Apotheke arbeitet.«

»Ich bin schon die Richtige«, antwortete Amelie. Als ihr bewusst wurde, was sie da gerade gesagt hat, errötete sie.

»Scheint mir auch so«, sagte Vincent.

»Und du, was machst du so von morgens bis abends?«, fragte Amelie schnell.

»Ich bin Banker.«

»Oje«, sagte Amelie.

»Was meinst du mit oje?«

»Na ja, wenn ich an meine Bankfiliale denke – die kommt mir sehr spießig vor. Und wenn ich an Großbanken denke, fallen mir nur Devisenhandel, Aktiengeschäfte, Hedgefonds, Spekulationen, also Haifische ein.«

»Gefräßig, meinst du?« Vincent grinste.

»Nimm es nicht persönlich, vielleicht bist du nicht so gierig wie die anderen.«

»Eher noch gieriger«, antwortete Vincent.

Amelie kannte ihn nicht genug, um wissen zu können, ob er das ernst meinte oder nicht. Sein Blick verriet nichts, die Augen waren dunkel.

Worte und Sätze flogen. Keine Sekunde Schweigen, keine Sekunde Leere, keine Sekunde ohne Prickeln.

»Interessant«, sagte Vincent, nachdem er die Rechnung bezahlt hatte.

»Was meinst du?«, fragte Amelie.

»Ich meine dich. Du bist gebildet, hast deine eigene Meinung. Bist du eigentlich ein braves Mädchen?« Er fixierte sie mit seinen Augen.

»Ein braves Mädchen?«, fragte Amelie überrascht und lachte. »Vorsicht! Du weißt doch, ich bin Apothekerin.«

»Und?«

»Ich kenne mich aus mit Kräutern und mit Gift.«

»Also nicht ganz ungefährlich«, sagte er und nahm fest ihren Arm, als er sie aus dem Restaurant führte. »Nur die Blümchen auf deinem Kleid sprechen eine ganz andere Sprache.«

Amelie schaute an ihrem schwingenden Blumenrock herab. »Magst du keine Blümchen?«

»Das bist du einfach nicht!« Vincent klang bestimmt.

Amelie stutzte.

Vielleicht ist da etwas dran, überlegte Amelie.

Dann zog er sie an sich, und gerade, als sie begann, sich in seinen Armen wohl zu fühlen, ließ er sie los. Sie stieg in das wartende Taxi. Ein Telefon klingelte, war das sein Handy? Er reagierte nicht, sein Telefon war ja nicht mehr geladen, hatte er gesagt. Amelie winkte ihm durch das Seitenfenster zu, als das Taxi losfuhr, sie drehte sich einen Moment später auch noch mal um, aber er lief in die andere Richtung und schaute nicht zurück.

Endlich kommt die Befreiung, das Ende des zweiten Aktes in Sachen Blondierung. Die Haarsträhnen, die samt aufgetragener Farbe in Alufolie gepackt worden waren, werden nun ausgewickelt, Folie für Folie wird entfernt, und Amelie kann es kaum erwarten, warmes Wasser auf ihrem Kopf zu spüren. Sie folgt ihrer zarten Friseurinnen-Elfe zum Waschbecken, setzt sich in den weichen Lederstuhl und legt den Kopf zurück auf den Beckenrand. Die Friseurin spült das stinkende Blondierungsmittel sorgfältig aus, und Amelie schließt die Augen, während das warme Wasser auf ihren Kopf herabrieselt.

»Wir machen eine schöne Pflegepackung, damit das Haar weich bleibt und glänzt, ja? Und eine Kopfmassage während des Einwirkens?«, fragt die Friseurin mit ihrer Baritonstimme.

»Ja, bitte«, antwortet Amelie.

Die Friseurin schiebt ihr ein weiches Schaumstoffkissen in den Nacken, damit der Waschbeckenrand nicht schmerzhaft drückt, und verteilt die pflegende Haarcreme über Amelies Schopf. Dann beginnt sie mit der Massage.

Amelie versucht, an nichts zu denken. Sie konzentriert sich ganz auf die Berührungen dieser fremden Frau, auf die Kraft und eine gewisse Zärtlichkeit, die sie mit ihren Händen auf sie überträgt. Jeder Finger verteilt Creme und Mütterlichkeit und Fürsorge auf ihrem Kopf, Amelie merkt, wie ihr Körper sich entspannt, wie er nachgibt, loslässt, wie er vergisst, was gestern noch war und vorgestern und vor ein paar Wochen.

Die nächsten Rendezvous nach ihrem ersten Treffen mit Vincent fanden stets mehr oder weniger Knall auf Fall statt. Nie wusste Amelie genau, wann er Zeit hatte, er änderte permanent seine Terminpläne, weil ihm in seinem Business ständig etwas dazwischenkam. Unruhen im Nahen Osten beeinflussten seine Banking-Tätigkeit genauso wie Krisen oder Wirtschaftsprobleme im eigenen Land, sogar das Wetter schien eine Rolle zu spielen, zumindest Unwetter oder Hitzewellen, und so wartete Amelie auf Anrufe für Verabredungen, hoffte auf keine Anrufe kurz vor einem Treffen, weil das bestimmt wieder eine Absage bedeutete, jedenfalls hielt er sie in Atem, so viel stand fest.

Alle mädchenhaften Kleider und Röcke hatte Amelie inzwischen aussortiert, in einen Koffer gepackt und unter das Bett geschoben, neue Röcke und Kostüme sammelten sich in ihrem Schrank, alles auf Figur geschnitten, sehr schick, wenn auch oft unbequem. Aber sie hatte das Aufblitzen in Vincents Blick gesehen, als er sie zum ersten Mal in einem schwarzen Bleistiftrock erblickte. Das gefiel ihm also, das war es dann auch wert, den Bauch einzuziehen und darauf zu achten, dass ihre Kurven gut zur Geltung kamen, fand Amelie. Wenn er sie an sich drückte, sie küsste, fordernd, männlich, dann war sie froh, ihren Körper in den engen Kleidungsstücken zu erleben, seine Hände auf ihrem Po zu spüren, es fühlte sich richtig an, seine Hand auf einem Blümchenrock, das hätte auch irgendwie nicht gepasst.

Auch ihren Eltern fiel Amelies optische Veränderung bei ihren sonntäglichen Besuchen auf. Mit der Mutter flüsterte sie in der Küche und schwärmte ausführlich von Vincent. Dem Vater erzählte sie vorsichtig von Vincents Erfolgen als Banker. Der Vater hörte das mit sichtbarem Wohlgefallen, stellte einige Fragen nach Vincents genauer Position, nach seinem Alter und nach seiner Herkunft. Schließlich wollte er wissen, wie es denn wohl mit diesem Vincent weitergehen würde. Amelie gab sich optimistischer, als sie sich fühlte.

Amelie war schon längst so weit, mit Vincent mitzugehen oder ihn in ihre Wohnung mitzunehmen für eine Nacht. Es verwirrte sie, dass er gar keinen Versuch unternahm, mit ihr intimer zu werden, sie hatte so was noch nie erlebt, wer wartete denn heute noch so lange? Sollte sie vielleicht die Initiative ergreifen? Nein, das konnte sie nicht, das war nicht ihre Art, und so versuchte sie, ihm Signale zu senden, indem sie sich beim Abschied eng an ihn schmiegte oder ihn mit der Leidenschaft küsste, die sie für ihn empfand. Aber er riss sich zusammen, obwohl sie Lust in seinem Blick sehen konnte. Ein gutes Zeichen, beschloss Amelie für sich, er wollte hoffentlich mehr, und deshalb ließ er es langsam angehen, ohne Hast, wenn Amelie auch manchmal schlaflos ihr Kopfkissen knetete und ihre eigenen Hände auf ihre Brüste legte, weil er es nicht tat.

Es war fast Mitternacht an einem Donnerstag, als Vincent

sie von zu Hause mit dem Auto abholte. Amelie kam sich verwegen vor, morgen war ein Arbeitstag, und normalerweise ging man um diese Zeit nach Hause und nicht erst los. Aber als sie in seinen schwarzen BMW stieg, war sie putzmunter, das lag sicher an der Aufregung, sie fühlte sich lebendig.

»Ich habe dir etwas mitgebracht«, sagte Vincent, nachdem er sie mit einem flüchtigen Kuss auf die Wange begrüßt hatte. Er langte nach hinten und holte einen schwarzen Karton mit schwarzer Schleife vom Rücksitz.

»Für mich?«, fragte Amelie.

»Natürlich«, antwortete Vincent.

»Was ist es denn?«, fragte Amelie und nahm den Karton entgegen. Vorsichtig, als wäre es ein rohes Ei, legte sie ihn auf ihren Schoß.

Vincent fuhr los, irgendwohin, wie so oft sagte er nicht, was sein Ziel war, es war ihr egal, er war da, sah genauso umwerfend aus wie immer, er roch phantastisch, seine Nähe war berauschend, und er hatte ihr ein Geschenk mitgebracht.

»Es ist Black Magic«, sagte Vincent und lächelte. Das Lächeln verschwand aber sofort wieder aus seinem Gesicht.

»Schwarze Magie?«

Amelie zog zögernd die Schleife auf. Am liebsten hätte sie einfach noch eine Weile mit dem Geschenkkarton auf ihren Knien dagesessen, die Vorfreude genossen, das Rätseln, was er ihr wohl ausgesucht hatte. Er fuhr weiter und warf ihr einen kurzen Blick zu. Amelie hob den Deckel ab. Sie schlug knisterndes weißes Seidenpapier beiseite und hielt den Atem an.

»Strümpfe?«, fragte sie.

»Black Magic«, wiederholte er und räusperte sich.

»Was meinst du damit?« Amelie zog die Augenbrauen hoch.

»Deine Beine werden herrlich in Nahtstrümpfen aussehen,

deine Beine haben Form, du weißt, wie ich sie mag.« Er hatte schnell gesprochen, ungewohnt hastig.

Amelie ließ seine Worte sacken und befühlte das Material. Es schrie quasi nach Laufmaschen, das waren Strümpfe, in denen musste man sich vorsehen, zart gewebt, hauchdünn, fast durchsichtig.

»Und das ist dann wohl der passende Strumpfhalter?«, fragte Amelie und hielt einen Strapsgürtel hoch. Ungewollt war in ihre Stimme ein ironischer Unterton gerutscht. So etwas hatte sie noch nie getragen, zum einen aus praktischen Erwägungen, zum anderen, weil sie es verrucht fand, Rotlichtviertel, fiel ihr ein, Pornofilme, Sexwerbung nach Mitternacht mit Räkeln und Stöhnen.

»Ich kaufe dir auch gern die passende schwarze Unterwäsche dazu, aber ich wusste deine Größe nicht«, antwortete Vincent. »Das alles zusammen ist dann Black Magic.«

»Black Magic.« Amelie sagte es ihm nach. Sie fühlte sich beklommen. »Lass mich raten, du bist der Zauberer bei diesem magischen Akt und ich das Kaninchen?«

Vincent antwortete nicht.

»Es ist doch nur ein Spiel«, sagte er schließlich. »Bist du etwa prüde oder so was?«

»Nein«, sagte Amelie. Sie legte den Strumpfhalter zurück in den Karton und schloss ihn schnell.

»Allein zu wissen, dass du so was unter deiner Kleidung trägst, finde ich schon scharf«, erklärte Vincent. »Du machst mir doch die Freude, oder?«

»Warum nicht«, sagte Amelie, obwohl ihr schon ein paar Gründe eingefallen wären. Ein Spiel, es war ja nur ein Spiel, sicher hatte er recht, dachte sie, in der Liebe darf man nicht spießig sein, ein bisschen Spielerei tut ja nicht weh.

Diese Hände, denkt Amelie. Dieses sanfte Massieren, eine Wonne, wenn es doch nie aufhören würde, einfach hier so liegen, beim Friseur, den Kopf nach hinten gebettet, verwöhnt von den liebevollen Fingern einer Elfe.

Die Berührungen hören auf, das Wasser wird wieder angestellt, die Glanzpackung ausgespült. Mit einem Handtuch auf dem Kopf, das zu einem Turban gebunden ist, erhebt sich Amelie widerwillig.

»Ihre Hände«, sagt sie zu der Friseurin, »Ihre Hände sind ganz wunderbar.«

»Oh, danke für das Kompliment.« Die Baritonstimme wird etwas heller, die Friseurinnen-Elfe strahlt.

Während Amelies lange Haare gekämmt werden, sieht sie bereits, dass der Farbton schon in nassem Zustand gut aussieht. Sobald sie getrocknet sind, wird ihr Haar wie Honig wirken oder wie Gold, genau, wie es Vincent gefällt.

Das Spiel begann. Als Amelie das erste Mal die hauchdünnen Nahtstrümpfe und den Strumpfhalter anzog, war ihr ganz komisch zumute. Sie schaute in den Spiegel und schaute schnell wieder weg, der Anblick ihres eigenen Spiegelbildes in Black Magic war ihr zu fremd, als wäre sie das gar nicht, als stünde da eine Frau, die sie nicht kannte. Nach und nach gewöhnte sie sich einigermaßen daran; ihre weiße und geblümte Unterwäsche landete in dem Koffer unter dem Bett, in dem schon die weiten Kleider und Röcke wohnten, ihre Wäscheschubladen füllten sich mit schwarzen Höschen und Büstenhaltern. An der schwarzen Spitze fand sie Gefallen, das war definitiv weiblich, sexy. Manchmal lächelte sie sogar, wenn sie an ihr Geheimnis dachte, denn oft trug sie Black Magic unter ihrem blütenweißen Apothekerkittel, auf jeden Fall immer, wenn sie abends mit Vincent verabredet war. Schließlich war sie verrückt nach ihm, und wenn Black Magic dazu diente, dass er sie noch mehr begehrte, dann war Black Magic wohl etwas, was fortan zu ihr gehören würde.

Jedes Mal, wenn sie Vincent traf, streichelte er sofort ihren Oberschenkel, oder, genau genommen, prüfte er mit der flachen Hand, ob sie auch die Strumpfhalter trug. Da sie das tat, wurde sie stets stürmisch geküsst.

Sie war meist ein bisschen irritiert, aber das gehörte wohl zum Spiel. Phantasie, mahnte sich Amelie. Sei bloß nicht so zimperlich, Vincent ist eben ein Strumpffetischist und liebt schwarze Unterwäsche. Angenehmer als Lack und Latex.

Manchmal knöpfte er ihr auch im Auto die Bluse auf oder schob den Pullover hoch. Dann schaute er zufrieden auf ihre Brüste, die in schwarzem Spitzen-Büstenhalter steckten, und sie verstand, dass er die Büstenhalter schöner fand, die ihre Brüste etwas hochdrückten und den Blick auf mehr Haut erlaubten.

»Möchtest du vielleicht morgen mal mit zu mir kommen?«, fragte Amelie eines Tages. Die ganze Black-Magic-Nummer machte sie fast wahnsinnig, sie wollte nackt sein, sie wollte Vincent endlich spüren, sie wollte Sex mit ihm.

»Nein, du kommst zu mir!«, antwortete er brüsk.

Erstaunt schaute Amelie ihn an.

Sofort beherrschte er sich wieder und legte seine rechte Hand besänftigend auf Amelies Bein.

Am nächsten Abend war es so weit.

Amelie stand vor seinem Haus, es lag am Stadtrand, er hatte davon erzählt, aber dass es so weit weg war, das sah sie erst jetzt.

»Ich mag es ruhig«, sagte er. »Ich will keine Nachbarn hören, ich will machen können, was ich will, ohne beobachtet zu werden, ich will mich frei fühlen. In der Bank bin ich eingeengt genug, symbolisch gesprochen, verstehst du?«

»Natürlich«, gab Amelie zurück. »In der Apotheke bin ich auch den ganzen Tag von Menschen umgeben, da ist es abends eine Wohltat, wenn man Ruhe hat.«

Das Haus, ganz in Weiß gestrichen, sah von außen sehr gepflegt aus. Im Haus war auch alles weiß, die Böden aus Holz, akkurat verlegtes Eichenparkett.

Endlich, dachte Amelie. Da stehe ich nun mit meiner Black-Magic-Unterwäsche und einem hautengen schwarzen Kleid, den schwarzen Strümpfen und schwarzen Schuhen in seinem weißen Zuhause. Er lässt mich hinein, nur darauf kommt es an.

Ihre Schritte in den hochhackigen Pumps waren hörbar, als sie Vincent ins Wohnzimmer folgte. Er bedeutete ihr, sich auf ein weißes Sofa zu setzen. Ohne sie zu fragen, was sie trinken wollte, holte er eine Flasche Weißwein und zwei Gläser aus der angrenzenden Küche, öffnete die Flasche und goss den Wein ein. Er reichte ihr ein Glas. Amelie erhob sich und stand nun vor ihm. Sie schaute ihm tief in die Augen, als sie das Glas in der Hand hatte. Vincent lächelte ihr zu.

»Willkommen, Amelie!«, sagte er und ließ sein Glas an ihres stoßen.

»Danke«, sagte Amelie und trank einen Schluck. »Eiskalt, herrlich.« Die anfängliche Schüchternheit, die sie in fremden Wohnungen und Häusern überfiel, legte sich endlich. Sie war willkommen, das Haus war wunderschön, Vincent war wunderschön, das Leben war wunderschön.

Vincent legte besitzergreifend einen Arm um Amelies Taille und küsste sie auf den Mund. Ein langer Kuss, voller Lust.

Jetzt wird es gleich passieren, dachte Amelie erregt. Das erste Mal mit Vincent.

Da ließ Vincent sie los. Amelie fühlte sich schwindlig.

»Ich möchte, dass du etwas verstehst, mich verstehst«, sagte Vincent mit rauer Stimme.

»Fühlst du dich unverstanden?«, fragte Amelie neckend.

»Ich mache keine Witze. Ich habe etwas für dich vorbereitet. Das wird für die nötige Klarheit sorgen.«

»Aha. Ein Banker ist wohl immer bestens präpariert, oder?« Amelie verstand nichts.

Vincent ging auf ihren Tonfall nicht ein. Er hatte plötzlich etwas Starres an sich. Er leerte sein Weinglas in einem Zug und stand schließlich auf.

»Komm mit!«, sagte Vincent. »Ich werde dir etwas zeigen.«

Er ging voran in den ersten Stock.

Das Schlafzimmer, dachte Amelie nervös. Sie stakste in ihren hohen Absätzen die Treppe hinauf und hielt sich am Geländer fest. Oben angekommen, atmete sie tief durch.

»Du machst es aber spannend«, sagte Amelie.

Vincent öffnete eine Tür, da war es also, das Schlafzimmer. Ein großes Bett, zwei Nachttische, ein großer Schrank. Sonst nichts.

Er zog einen Schlüssel aus der Hosentasche und öffnete den Schrank. Dann drehte er sich zu Amelie. Er senkte den Blick und machte eine ausholende Geste, die wohl bedeuten sollte, hier, das ist es, nun schau es dir an.

Amelie starrte in den Schrank. Ihr Blick glitt über die Dinge, die sich ihr offenbarten. Ordentlich aufgereiht auf weißen Regalbrettern.

Handschellen.

Eine Peitsche.

Ein Lederhalsband mit einer Lederleine.

Schwarze Strümpfe, schwarze Strumpfbänder, schwarze Büstenhalter, schwarze Unterhöschen, schwarze Stringtangas.

Und Gerätschaften, die sie noch nie gesehen hatte. Sie sahen nicht nach Spielsachen aus, eher wie Folterwerkzeuge.

Was machte man damit?

Was machte Vincent damit?

Amelies Kopf raste. Er sei willensstark, hatte er mal gesagt. So war das also gemeint. Er wollte beherrschen, er wollte züchtigen, er brauchte keinen Hund, er wollte eine Frau mit Lederhalsband, die vor ihm herumkriechen sollte, die er an der Leine herumführen konnte, die er fesseln würde und peitschen, und wer weiß, was er außerdem im Sinn hatte.

Sie ging in die Hocke, sie konnte nicht länger stehen.

Amelie wurde eiskalt. Ich bin doch kein Hund, dachte sie. Automatisch fasste sie sich an die Kehle. Dort ein enges Lederhalsband, das wäre doch schrecklich, alles, nur kein Lederhalsband.

Ihre Beine begannen zu zittern in dieser hockenden Position vor dem Schrank mit diesen Utensilien vor Augen. Amelie stand langsam auf. Am liebsten wäre sie direkt durch das Fenster davongeflogen, aber Vincent beobachtete sie, sie musste sich ihm stellen, mit ihm reden, vielleicht verhandeln, Fragen stellen, sich selbst erklären. Aber ihr fiel nichts ein, sie sagte nichts, kein Wort.

Zum ersten Mal, seit sie sich kannten, sah sie Unsicherheit in seinem Blick.

»Und?«, fragte er leise.

»Ich«, sagte Amelie. Sie musste sich räuspern, ihre Stimme versagte. »Ich, ich trage nicht mal Rollkragenpullover, ich kann nichts Enges am Hals ertragen, dieses Lederhalsband da …«

Er nickte und senkte den Kopf. »Ich würde dir nie wehtun, du darfst das nicht missverstehen, es geht nicht um Schmerzen oder Folter, das ist nicht mein Thema.«

Keine Schmerzen?, dachte Amelie. Aber was würde er denn machen mit der Peitsche? Doch sicher nicht liebkosen, dafür reichten doch Hände, da brauchte man doch keine Peitsche mit langen, schwarzen Lederriemen.

Was sollte sie nur tun? Gehen, einfach gehen und nie wieder zurückkommen, ihn nie wiedersehen, ihn nie wieder berühren?

»Zu Liebe gehört Vertrauen«, erklärte er. »Dass ich dir meine Neigung anvertraue, das ist schon der erste Schritt. Alles andere bedeutet Spiel, so tun, als ob, ein bisschen Rollenspiel, improvisiert, kreativ, das geht nur mit einer Frau, die Köpfchen hat, so wie du, und mit der es Spaß macht, weil sie selbst stark ist, sonst hat es ja keinen Sinn, verstehst du?«

»Ich weiß nicht«, antwortete Amelie.

»Du brauchst keine Angst vor mir zu haben«, sagte Vincent. Eindringlich schaute er sie an. »Sex kann so langweilig werden nach einer Zeit, eine Gewohnheit, so wird es aufregend bleiben für immer, und es sollte doch für immer sein, oder?«

»Für immer?«, fragte Amelie.

»Ich liebe dich«, sagte Vincent.

Er ließ Amelie eine Woche Zeit, Zeit zum Überlegen, Zeit, das Neue sacken zu lassen, sich zu ängstigen, sich alles vorzustellen und noch nervöser zu werden.

Sei nicht so feige, sagte sie sich. Spielen hat noch niemanden umgebracht, und er hat versprochen, mir nicht wehzutun.

Was wohl dahintersteckt?, fragte sich Amelie wieder und wieder. Warum ist er so? War er traumatisiert? Geht das irgendwann weg? Kann man das therapieren?

Sie suchte in der Fachliteratur nach Informationen, es gab doch sonst gegen und für alles Medikamente, da müsste man doch etwas finden, irgendwelche Psychopharmaka mit besonderer Ausrichtung auf »so was«. Doch sie wurde nicht fündig, soviel sie auch recherchierte. Für einen Zusammenhang mit versteckten Depressionen gab es keine Anzeichen, sodass Antidepressiva keine Lösung waren, Antipsychotika würden gegen Vincents Vorlieben wohl auch nichts ausrichten, und andere Spezialitäten der Pharmaindustrie würden ebenso wenig etwas zum Normalen verändern.

Er ist eben nicht normal, dachte Amelie, aber normal heißt ja nicht automatisch gut. Er ist eben etwas Besonderes, und ich will diesen besonderen Mann, ich kann vor Lust auf ihn kaum noch schlafen, ich will mit ihm zusammen sein, und das wird nicht passieren, wenn ich ihm verweigere, was *er* will. Noch nie habe ich einen so aufregenden Mann kennengelernt, es darf einfach nicht sein, dass ich ihn wieder verliere.

Vielleicht finde ich sogar Gefallen daran, dachte Amelie schließlich, vielleicht.

Es war Freitagabend. Amelie saß im Taxi zu Vincents Haus, und natürlich trug sie Black Magic unter ihrem Kleid. Ihr Magen hob und senkte sich, sie hatte den ganzen Tag vor Unruhe nichts essen können. Ihre Finger waren klamm, als sie das Geld aus dem Portemonnaie nestelte, um den Taxifahrer zu bezahlen. Dann stand sie vor der Tür.

Sie klingelte, aber nichts regte sich im Innern des Hauses. Sie klingelte noch einmal. Keine Reaktion.

Sie klopfte, klingelte zum dritten Mal und drehte schließlich vorsichtig den Türknauf. Die Tür war nicht verschlossen.

»Vincent!«, rief Amelie viel zu leise. Ein Kloß saß in ihrem Hals, um den herum sie rufen musste, man hörte sie kaum.

Es war dunkel in der Eingangshalle, nur ein paar Teelichter in Gläsern standen vor der Treppe. Auch auf den Treppenstufen standen Kerzen rechts und links.

Amelie zögerte. Sollte sie die Treppe hinaufsteigen, den Teelichtern folgen? Was erwartete er von ihr? Begann so das Spiel?

Ihr Herz klopfte und klopfte schnell in ihrer Brust. Sie stieg die Treppe hinauf, lauschte auf Geräusche, aber es herrschte absolute Stille im Haus. Die Tür zum Schlafzimmer war nur angelehnt, die Kerzen endeten hier.

Amelie trat ein.

»Na endlich!«, hörte sie Vincent sagen.

Sie zuckte zusammen und schaute ihn an. Er stand im Halbdunkel, bekleidet mit einem schwarzen Morgenmantel aus Seide, barfuß, hoch aufgerichtet. In der Hand hielt er eine Peitsche.

»Zieh dich aus!«, befahl er. Seine Stimme war laut und kalt, und Amelie bekam eine Gänsehaut.

Sie legte ihren Mantel auf einen Stuhl neben dem Bett, schlüpfte aus ihrem Kleid und aus den Schuhen. Dann zögerte sie. Vincent hatte ihre Brüste schon angefasst, aber noch nie gesehen. Er schien zu ahnen, was sie dachte. Plötzlich flogen die Lederriemen der Peitsche über ihr Dekolleté, er schlug nicht, aber die Riemen glitten über ihre Haut.

»Wird's bald!«

Mit gesenktem Kopf öffnete Amelie die Haken ihres Büstenhalters. Vincent riss ihn ihr aus der Hand und warf ihn auf den Boden.

»Das Höschen!«, befahl er.

Amelies Körper war ein einziges Pochen. Sie konnte nicht mehr denken, sie funktionierte nur noch. Schließlich stand sie nackt da, nur noch mit den schwarzen Strümpfen und dem Strumpfhalter bekleidet. Bevor er ihr nun auch noch befahl, diese beiden letzten Verhüllungen auszuziehen, wollte sie es lieber gleich selbst tun. Als hätte er es geahnt, hielt er ihre Hände fest.

»Lass das!«

Amelie knickte in den Knien ein und taumelte.

»Steh gerade!«

Er ließ sie wieder los und ging langsam um sie herum. Amelie bemühte sich, aufrecht zu stehen und sich nicht zu bewegen. Jedes Detail ihres Körpers wurde betrachtet, ihre intimsten Zonen begutachtet, wieder glitten die Lederfransen der Peitsche über ihre Haut, überall dort, wo bisher nur ihre Liebhaber sie berühren durften, überall dort spürte sie nun Leder, keine Hände, keine Zärtlichkeit.

Sie tat, was er verlangte, er befahl, sie befolgte, sie stand, sie kniete, sie lag, sie lief, sie kroch, ganz, wie Vincent es ihr mit steinernem Gesicht zurief.

Schließlich öffnete er den Gürtel seines Morgenmantels, und es geschah: heftig, unerbittlich, wie von Sinnen.

Die harten Stöße verebbten, seine Schwere auf ihr war auf einmal weg, aber Amelie öffnete immer noch nicht die Augen, zu unheimlich war ihr sein Blick.

Er hasst mich, dachte Amelie, er hasst mich, sonst könnte er so nicht sein.

In dem Moment spürte sie, wie eine Hand sanft über ihren nackten Bauch glitt.

»Mein Engel«, flüsterte Vincent.

Er küsste sie sanft auf den Mund, legte sich eng neben sie, zog ihren Kopf auf seine Brust und streichelte ihr Haar.

»Du spielst gut. Ein guter Anfang, wirklich.«

Amelie entkrampfte sich ein wenig. Sie schmiegte sich an ihn, genoss seine Wärme, seine schützenden Arme um ihren

Leib, da war er, der andere Vincent, der Vincent, in den sie sich verliebt hatte.

»Vielleicht denkst du, ich bin schizophren«, murmelte Vincent schläfrig. »Bin ich aber nicht, ich mag eben Sex am liebsten so wie eben gerade. Und du siehst, ich tue dir nicht weh.«

Amelie war noch lange wach. Während Vincent zusammengerollt schlief wie ein kleiner Junge, lag sie auf dem Rücken und schaute an die Decke.

»Wie hätten Sie es denn heute am liebsten?«, fragt die kleine, zarte Friseurin. Sorgfältig entwirrt sie die frisch gefärbten Haare, kämmt sie vorsichtig Strähne für Strähne.

Noch immer ist Amelie nach dem Färben überrascht, sie fühlt sich nach wie vor dunkelhaarig, aber Vincent findet, sein Engel müsse blond sei. So blieb von ihrem brünetten Naturton nur noch die Erinnerung zurück.

»Ich gehe zu einer Hochzeit«, antwortet Amelie.

»Sie heiraten?« Die Friseurin schaut sie aus weit aufgerissenen Augen an. Begeisterung liegt in ihrem Blick. »Das ist ja wunderbar!«

»Nein, ich meine, ja«, stottert Amelie. »Also, ja, ich werde heiraten, aber nicht heute. Heute heiratet meine Cousine, es gibt ein großes Fest.«

»Und wann heiraten Sie?«, fragt die Friseurin.

»In drei Monaten«, sagt Amelie.

»Wie ist er denn so, Ihr Zukünftiger?«

»Einfach wunderbar, einzigartig. Sehr intelligent und stark. Ich habe noch nie einen Mann wie ihn kennengelernt.«

»Sie Glückliche«, sagt die Friseurin mit ihrer Baritonstimme. »Dann halten Sie ihn mal gut fest.«

»O ja«, antwortet Amelie ernst, »das werde ich!«

»Wenn Sie heute Hochzeitsgast sind, müssen Sie unbedingt auf alle Einzelheiten achten, man muss sich bei den anderen immer was abgucken. Gibt viel zu organisieren für so eine Hochzeit. Das soll ja der schönste Tag in Ihrem Leben werden.«

»Der schönste Tag«, wiederholt Amelie.

Amelie fährt allein zur Hochzeitskirche, Vincent kann erst später dazukommen, sie ist das gewöhnt, er arbeitet nun mal viel. Beim Aussteigen aus dem Auto spürt sie, wie der elastische Strumpfhalter die Bewegung ihres Beines mitmacht, sich leicht dehnt, unsichtbar für die Welt, fühlbar für sie selbst. Black Magic ist ein Teil von ihr, das Spiel will gespielt werden, es ist ihr beider Geheimnis, das niemanden etwas angeht. Ihre Eltern ahnen nicht das Geringste, wer käme auch auf diese Idee. Vincent wird vom Vater vollends akzeptiert, und die Mutter ist Vincents Charme erlegen.

Vor der Kirche trifft sie ihre Eltern. Amelies Mutter trägt ein türkisblaues Kleid, dessen Ausschnitt eine dezente Reihe Pailletten ziert, und auf ihrem dunklen, kurzen Haar sitzt ein elegantes Hütchen. Ihr Vater hat eine silberne Krawatte umgebunden, dazu den schwarzen Anzug, den er nur zum Ausgehen anzieht, in die Oper, zu Beerdigungen oder eben zu einer Hochzeit. Amelie selbst hat sich extra für diesen Anlass ein Cocktailkleid gekauft, genauer gesagt, Vincent hat es mit ihr zusammen ausgesucht und bezahlt, es hat ein enges Bustier-Oberteil aus schwarzer Seide, einen tiefen Ausschnitt, es sitzt eng in der Taille und überhaupt eng an ihrem Körper. Im Stehen ging es eigentlich noch, aber als sie in der Kirche neben ihrer Mutter auf der harten Kirchenbank sitzt, findet sie es nicht nur unbequem, sondern fast unerträglich.

»Ist alles in Ordnung?«, fragt ihre Mutter.

Amelie versucht, tief durchzuatmen.

»Ja, ja, Vincent hat gerade angerufen, er ist noch in der Bank, aber er kommt gleich und wartet dann draußen auf uns.«

Als ihr Vater sie Vincents Namen sagen hört, beugt er sich kurz vor und nickt ihr zu.

Orgelklänge, Einzug von Braut und Bräutigam, der Pfarrer, die Gesänge, die Vermählung, die Andacht – all das rauscht an Amelie vorbei. Sie fühlt sich nie wohl in Kirchen, heute ist es besonders schlimm, sie bekommt keine Luft und ist froh, als das Brautpaar endlich nach dem letzten Gebet vom Altar den Gang zur Kirchentür hinunterläuft. Sie schaut in das Gesicht ihrer Cousine. Deren Augen leuchten, nein, sie strahlen von ganz tief innen heraus, denkt Amelie. Die ganze Braut besteht nur aus Augen und aus Glück, Amelie kann es kaum glauben, sie kennt ihre Cousine nur flüchtig, aber sie erinnert sich an ein graues Mäuschen, und nun ist sie verheiratet, und zum ersten Mal erinnern ihre Augen an einen klaren, glitzernden See, an einen, der lange von der Sonne gewärmt wurde.

Draußen steht Vincent. Er telefoniert, beobachtet dabei die Menge, die aus der Kirche kommt, und geht sofort auf Amelie zu.

»Entschuldige, mein Engel, es war wirklich dringend.«

»Schon gut«, sagt Amelie, während Vincent ihre Eltern begrüßt.

»Hauptsache, du hast es überhaupt geschafft«, sagt Amelies Vater. »Solange du bei deiner eigenen Hochzeit pünktlich bist.« Jovial klopft er Vincent auf den Rücken.

Alle lachen.

»Aber du kommst doch jetzt mit zum Hochzeitslunch, ja?«, fragt Amelies Mutter. »Heute Abend fliegen die beiden schon in die Flitterwochen, das macht ihr aber anders, wir feiern ein richtiges Hochzeitsfest mit Dinner und Tanz, oder?«

»Auf jeden Fall!«, sagt Vincent. »Unsere Hochzeit feiern wir ganz groß, nicht wahr, mein Engel?«

»Ich weiß nicht, ich dachte, es wäre vielleicht schöner im kleinen Kreis, es muss doch nicht so aufwändig sein«, antwortet Amelie.

»Ach was«, sagt Amelies Vater, »so ein Anlass muss anständig zelebriert werden, wir laden alle Freunde ein, unsere, die von Vincent, meine wichtigsten Mandanten und die ganze Verwandtschaft.«

Wahrscheinlich hat er recht, denkt Amelie.

Die Brauteltern haben in ein gepflegtes Restaurant geladen. Zwei lange Tafeln sind mit rosa Blüten geschmückt, sie liegen wie ein blühendes Band auf weißen Tischdecken. Feines Porzellan mit Goldrand, Kristallgläser, Silberbestecke, alles ist vorbereitet für das Hochzeitsessen.

Amelie und Vincent haben ihre Plätze nebeneinander, ihre Eltern sitzen den beiden gegenüber. Amelie ist plötzlich besorgt, sie weiß nicht, ob sich Vincent wohl fühlt in dieser kleinbürgerlichen Gesellschaft, sicher ist er Besseres gewohnt, hoffentlich langweilt er sich nicht entsetzlich oder findet das Drumherum furchtbar spießig. Da legt Vincent unter dem Tisch eine Hand auf ihren Oberschenkel. Amelie schaut ihn an, er schaut zurück. Seine Blicke wandern über ihre blonden Locken, über den Ansatz ihres Busens in dem engen Kleid mit dem tiefen Ausschnitt.

»Du siehst heiß aus«, sagt er leise.

Amelie lächelt. Sie lehnt sich zurück, schaut aus dem Fenster, sieht kahl werdende Bäume, buntes, heruntergefallenes Laub.

Dann wandert ihr Blick zum Brautpaar. Der Bräutigam streicht ihrer Cousine zärtlich eine Strähne aus dem Gesicht, küsst ihren Augenwinkel, flüstert ihr etwas ins Ohr. Beide lächeln sich an, ihre Blicke versinken ineinander, als wären sie allein auf diesem Planeten. So richtig hübsch war sie nie, ihre Cousine, aber der Bräutigam betrachtet sie mit großer Zärtlichkeit und Bewunderung, legt eine Hand in ihren Nacken, lässt seine Finger dort ruhen. Dann flüstern die beiden wieder, und offenbar hat die Cousine einen Entschluss gefasst, sie schlägt mit der Gabel an ein Glas, alle Blicke wenden sich ihr zu.

»Willkommen, liebe Familie, willkommen, liebe Freunde!«, beginnt die Braut. Sie steht nun, aber sie hält die Hand ihres Bräutigams, der neben ihr sitzt und begeistert zu ihr aufschaut.

»Heute ist der wunderschönste Tag in meinem Leben, in unserem Leben, und mit euch allen zusammen zu feiern ist das wunderschönste Geschenk. Wie die meisten von euch wissen, haben wir uns vor einem Jahr kennengelernt, auf den Tag genau, und deshalb haben wir auch dieses Datum für unsere Hochzeit ausgesucht.«

Die Cousine macht eine Pause. Tränen des Glücks steigen in ihren Augen auf, eine Träne schwappt hinaus und läuft die Wange herunter. Sie strahlt ihren Ehemann an, er steht auf, beide umarmen sich, und alle fangen an zu klatschen.

Amelie trinkt noch einen Schluck Wein. Sie schaut wie hypnotisiert zu ihrer Cousine, hängt an ihren Lippen, folgt jeder ihrer Bewegungen, sieht wie in Zeitlupe ihr Lächeln, die warmen Blicke, die sie ihrem Mann zuwirft, die liebevollen Gesten.

»Ich danke dir für deine Liebe«, sagt die Cousine. Beide stehen nun voreinander und halten sich an den Händen. »Ich danke dir dafür, dass du mich genauso liebst, wie ich bin, dass ich bei dir ich sein darf.«

»Ist sie nicht die wunderbarste Frau der Welt?«, fragt der frischgebackene Ehemann in die Runde, bevor er seine Frau innig küsst. Natürlich wird wieder geklatscht, alle sind ganz aus dem Häuschen.

Vincents Hand liegt nach wie vor auf Amelies Oberschenkel, seine Finger fahren hin und her und erfassen einen der elastischen Strumpfhalter. Spielerisch zieht er daran, lässt ihn auf Amelies Haut zurückschnellen, und Amelie zuckt zusammen.

Es tut nicht wirklich weh, aber sie verkrampft sich trotzdem.

Es brennt an der Stelle, und dann fühlt es sich taub an auf ihrem Bein und nicht nur dort.

Amelie starrt wieder ihre Cousine an, diese strahlende Frau mit dem überirdischen Leuchten im Gesicht, sie betrachtet das weiße Hochzeitskleid, das so schön ist und so rein, und denkt plötzlich, dass man doch unter so was keine schwarze Unterwäsche tragen kann und schon gar keinen Strumpfhalter und schwarze Nahtstrümpfe, das passt doch nicht, das geht doch nicht zusammen.

Dann essen alle, Amelie allerdings pickt eher wie ein Vögelchen. Vincent unterhält sich angeregt mit seinem zukünftigen Schwiegervater, Amelie und ihre Mutter wechseln ab und zu einen Blick, sie sprechen mit den Augen, Amelie fasst sich an die enge Taille, die Mutter versteht, das Kleid ist zu eng für eine üppige Mahlzeit, Amelies Augen sind nicht fröhlich genug für Genuss. Schließlich ist das Mittagessen vorbei, das Brautpaar verabschiedet sich, sie müssen sich umziehen, die Flitterwochen sollen beginnen. Draußen vor dem Restaurant steht das Auto für die zwei Glücklichen, die davonfahren, die Gäste johlen und rufen und winken, bis das Auto verschwunden ist.

»Wir sehen uns gleich bei mir, heute ist Freitag!«, sagt Vincent zu Amelie und blinzelt ihr zu.

»Ja, Black Magic«, antwortet Amelie. Das sind seine Spielregeln.

Amelie lächelt flüchtig und geht zu ihrem Auto. Dann fährt sie los, die Hauptstraße entlang. Ihre Handflächen sind ganz feucht, sie lässt das Lenkrad los und wischt mit den Händen über den hochgerutschten Rock und die Oberschenkel. Sie weiß nicht, ob es ein Fingernagel war oder der Diamant ihres Verlobungsrings, jedenfalls ist da plötzlich ein kleines Loch in ihrem dünnen Seidenstrumpf, und sofort läuft eine Masche das Bein hinunter, zieht eine weiße Spur der Zerstörung. Verflucht, denkt Amelie, sie sollte doch noch eine Flasche Wein für den Abend besorgen, jetzt wird die Zeit knapp. Da lässt Amelie den Motor wieder an und fährt in Richtung Zentrum. Sie muss in ihr Strumpfgeschäft, unbedingt, jetzt, so kann sie ja nicht herumlaufen, das ist nicht Black Magic, das ist einfach nur schlampig. Hoffentlich schafft sie das alles überhaupt noch vor Ladenschluss, Amelie fährt zügig und schaut immer wieder auf die Uhr. Sie findet eine Parklücke und stürmt in das Strumpfgeschäft.

Die Verkäuferin kennt sie natürlich, sie kauft immer dieselben Strümpfe, meist haben sie nur ein oder zwei Paar vorrätig, manchmal müssen sie auch extra welche für Amelie bestellen.

»Wie immer?«, fragt die Verkäuferin.

Amelie schaut an ihrem Bein hinunter, schaut auf die Laufmasche und ihre helle Haut, die man hindurchsehen kann.

»Nein«, antwortet Amelie und atmet tief durch.

»Nein?«, fragt die Verkäuferin.

»Nicht transparent. Keine Naht.«

»Also blickdicht?«, fragt die Verkäuferin.

»Total blickdicht!«, antwortet Amelie mit fester Stimme. »Und keine Strümpfe.«

Die Verkäuferin guckt sie fragend an.

»Ich will Strumpfhosen«, sagt Amelie. »Strumpfhosen!«

DER FLUG

Der Anruf kam mitten in der Nacht um zwei Uhr und dreiunddreißig Minuten. Total verkrümmt war ich auf dem kleinen Sofa eingeschlafen, auf dem Sprung, falls etwas passierte. Aber ich war nicht bereit, nicht bereit, nicht bereit.

»Hier ist Doktor Schneider.«

Vor ein paar Stunden noch hatte ich Doktor Schneider angefleht, mir die Wahrheit zu sagen. Die Wahrheit über Jan, weil ich mir Urlaub nehmen wollte, um Jans Hand zu halten, falls das Schlimmste geschehen sollte, falls Jan mich brauchte als Begleitung auf seiner letzten Reise ins Irgendwo oder ins Nichts, wer weiß. Milde lächelnd hatte Doktor Schneider erklärt, ich hätte einen falschen Eindruck, viele Krebspatienten würden Morphium bekommen, das wäre, obwohl viele das glaubten, nicht zwangsläufig der Anfang vom Ende. Und nun war Doktor Schneider mitten in der Nacht in meinem Telefon.

»Es tut mir leid, Ihr Lebensgefährte ist vor zehn Minuten eingeschlafen.«

Eingeschlafen?

Was für eine idiotische Verniedlichung!

»Sie meinen, er ist tot?«, fragte ich.

Ein Räuspern. »Ja, mein herzliches Beileid.«

Tot, also.

Irgendetwas musste ich tun, jetzt sofort, etwas tun, sonst würde der Doktor auflegen, und ich würde hier sitzen, allein, mitten in der Nacht.

»Lassen Sie ihn, wo er ist!«

»Wie bitte?«, fragte Doktor Schneider.

»Ich komme in die Klinik. Ich muss ihn sehen, ich glaube sonst nicht, dass er gestorben ist, und mit so einem Irrtum kann man doch nicht leben oder mit der Frage, was nun wahr ist oder nicht.«

Wieder dieses Räuspern. »Wie Sie wollen. Aber es müsste gleich sein, er kann nicht allzu lange in dem Zimmer bleiben.«

Natürlich nicht, andere wollten auch sterben in der Abteilung von Herrn Doktor Schneider.

Auf der Straße fing ich an zu zittern. Mein Atem wurde in der kalten Luft zu weißen Wölkchen. Ich atmete, ich lebte, warum eigentlich ich und warum eigentlich Jan nicht mehr?

Vor der Tür seines Krankenhauszimmers blieb ich stehen. Es war dunkel im Gang, niemand zu sehen. Langsam drückte ich die Klinke herunter. Nur eine kleine Lampe brannte im Zimmer, das Licht war gedämpft und Jan – ja, Jan lag mit geschlossenen Augen auf dem Rücken. Stumm. Bewegungslos.

Ich hatte noch nie eine Leiche gesehen. Ausgerechnet Jan, mein Jan, mein über alles geliebter Jan war die erste Leiche meines Lebens. Oder sagt man Leichnam, klingt das vielleicht besser, ernster, angemessener? Ob etwas passierte, wenn ich ihn berührte? Vorsichtig streichelte ich seine Wange. Es passierte nichts, absolut nichts, er reagierte nicht, spürte mich nicht, rührte sich nicht, er lag nur da. Mit neununddreißig vom Krebs bezwungen, vom Lebenden zum Leichnam mutiert, wo wir doch so ungeheuer starke Durchhalteparolen hatten, wir zwei. Gegen das Schicksal, vor allem gegen den Tod. Wenn man in Liebe lebt, darf man doch hoffen auf himmlische Hilfe, auf die Kraft des Guten, auf den Sieg über Krankheit und Sterben.

Am Ende habe ich versagt, total versagt. Ich war nicht bei ihm bei seinem letzten Aufbegehren, seinem letzten Atemzug, seinem letzten Herzschlag.

Was tut man morgens um fünf, wenn der Liebste gerade gestorben ist? Die nächsten Stunden saß ich wimmernd zu Hause auf dem Teppich. Nackt bis auf einen Slip und Jans Lederjacke. Sie roch nach ihm. Ich rauchte viel, eine nach der anderen, und trank Wein, direkt aus der Flasche, wie die Penner auf der Straße, immer wieder ansetzen und das Zeug die Kehle heruntergluckern lassen, bis der Kopf schwer wird und taub. Samt Jans Lederjacke taumelte ich ins Bett, rannte Minuten später ins Bad, kotzte den Alkohol heraus und wünschte, ich könnte die Gewissheit, dass Jan tot war, gleich hinterherspucken, doch das Grauen blieb in mir stecken.

Irgendwann mal ein paar Anrufe, ein paar hastige Sätze am Telefon für Verwandte und Freunde, nur ganz kurz, weil ich nicht lang konnte. Krankmeldung in meiner PR-Firma, sollte doch irgendjemand anders Pressetexte schreiben, kurzes Gespräch mit dem Bestattungsinstitut um die Ecke. Mein Hirn funktionierte, weil es einen Plan hatte und der hieß Rückzug. Alles war gesagt, alles war getan.

Ich stellte den Klingelton meines Telefons ab, vergewisserte mich, dass Zigaretten und Wein für eine Weile reichen würden, und gab mich meinem Elend hin. Das Gute war gegangen, ausgerechnet er, der bessere Mensch von uns beiden, liebevoll, sanft und weise. Mein Jan, der Musik über alles liebte, stundenlang auf seiner Gitarre spielen konnte, mit Begeisterung für eine Plattenfirma arbeitete und zu Hause immer irgendwelche Klänge brauchte, Soul, Pop, Blues, manchmal sogar Schlager, die wir peinlich fanden und trotzdem lachend mitsangen, oder Disco-Songs, zu denen wir tanzten. All das war Stille gewichen.

Nun lernte ich Merkwürdiges, zum Beispiel dass man sich weniger übergeben muss, wenn man trockenes Brot zum Wein isst, und dass tot sein bedeutet, nicht mehr nach Hause zu kommen, dass ein Geist keine Schlüssel hat und keinen Körper und dass man sowieso nie weiß, was an den Geistergeschichten so dran ist, und dass Warten sinnlos ist.

Schließlich kam der Tag von Jans Beerdigung.

Ich ging nicht hin.

Widerwillig drückte ich irgendwann auf die Abhörtaste meines Anrufbeantworters. »Zeit heilt alle Wunden« war so ein Satz, den Freunde und Familienmitglieder immer wieder aufs Band gesprochen hatten, oder: »Kopf hoch« und »Das Leben geht weiter«. Was für ein elendes Blabla, dafür lohnte es sich gewiss nicht, dass ich mich wieder aus meiner Höhle hinauswagte. Allerdings hatte mein neues Lebenskonzept seine Tücken. Nach zwei Wochen, vielleicht auch drei, lebte ich immer noch, hatte immer noch kein finales Lungenkarzinom trotz überquellenden Aschenbechers, hatte immer noch keine Leberzirrhose trotz konzentrierten Kampftrinkens, würde mich kurzfristig mit dieser Strategie wohl nicht umbringen können. Der Kühlschrank war leer, der Wein ging zur Neige, die Zigaretten ebenfalls.

Zeit der Entscheidung.

Alleine weiterleben?

Vielleicht.

Man soll nichts überstürzen.

Vielleicht hatte einen angenehm ambivalenten Klang.

Erster Test: fast nüchtern in die Agentur gehen. Duschen, kämmen, anziehen, einen Fuß vor den anderen setzen.

Meine Sekretärin schlug beide Hände vor den Mund, als sie mich sah.

»Marlene!« In ihrer Stimme lag Entsetzen.

»Was ist?«, fragte ich unfreundlich.

»Du bist so – mager«, stammelte sie.

»War auf Diät«, gab ich zurück.

Sie stand auf und umarmte mich einfach. Natürlich hatte sich mein persönliches Drama inzwischen herumgesprochen. Ich brach sofort in Tränen aus.

»Hier, trink das!«, sagte sie und drückte mir einen großen Becher Milchkaffee in die Hand.

»Mag aber keinen mit Milch«, sagte ich angeekelt.

»Du trinkst ihn aber mit Milch! Du hast nämlich eine furchtbare Fahne, und ich wette, dein Magen ist total übersäuert, da tut Milch gut. Und deine Augen sind glasig. Also trink, bevor du zum Boss gehst. Hier war vielleicht was los, kann ich dir sagen …«

Den Rest hörte ich nicht mehr. Ich trank folgsam meinen Milchkaffee. Mein erster Auftritt in der Öffentlichkeit war mir plötzlich peinlich. Peinlich? Mir war etwas peinlich? Eigentlich ging es mir schon dreckig genug, und nun auch das noch, aber wenigstens war Peinlichkeit ein Gefühl, ein unangenehmes zwar, aber ein anderes als Trauer.

Ich lag nicht heulend im Bett.

Ich saß in einem Büro.

Unter Lebenden.

Drei Monate später weinte ich immer noch täglich. Ich wusste, ich würde Jan nie wiedersehen, was hatte es da für einen Sinn, jeden Tag beim Öffnen des Kleiderschranks seine Hemden, seine Anzüge, seine Pullover zu betrachten, oder, schlimmer noch, diese nutzlosen Überbleibsel seiner Existenz anzufassen und anzuziehen? Ich ließ die Tränen einfach herunterlaufen, während ich Jans gesamte Garderobe, seinen weichsten Lieblingspullover ausgenommen, ordentlich in mehrere Tüten packte. Diese Schätze lieferte ich bei der Fürsorge ab und hoffte nur inständig, dass mir nicht eines Tages ein Obdachloser auf der Straße in Jans gestreiftem Anzug begegnen würde.

Als Nächstes ließ ich mein Sofa von einem Dekorateur abholen. Es war schwarz, weil Jan schwarze Sofas gemocht hatte. Ich suchte einen Stoff für einen neuen Bezug aus, die Farbe war eine Mischung aus Hellblau und Türkis, ich wollte darauf sitzen wie auf einer Wolke oder darauf liegen wie beim Rückenschwimmen im karibischen Meer. Dann ließ ich die ganze Wohnung lila streichen, das war besser als Ausziehen. Einerseits wollte ich die Wohnung am liebsten verlassen und vergessen, andererseits aber war mein Zuhause mein Refugium geworden, und diesen Schutz war ich nicht bereit aufzugeben.

Nur eines war noch zu tun: Ich sah so aus, wie Jan mich immer gesehen hatte, ich hatte die langen Haare, die Jan berührt und mit denen Jan immer gespielt hatte, und so saß ich eines Tages beim Friseur, meine Hände umkrampften die Stuhllehnen, Strähne für Strähne landete auf dem Fußboden. Als mir eine fremde Marlene mit kurz geschnittenem Pagenköpfchen im Spiegel entgegenblickte, war das die neue Marlene, die Jan nie gekannt hatte und die ich nun wohl erst selber kennenlernen musste.

Meine Aufräumarbeiten waren also beendet, das Wichtigste allerdings stand mir noch bevor: Ich musste mit meinem Boss reden. Ich hatte keine Angst davor, wovor sollte ich auch Angst haben, das Schlimmste hatte ich ja wohl gerade erlebt.

Mein Boss war nicht gerade begeistert.

»Ich will einen neuen Vertrag«, sagte ich entschlossen. »Vier Tage pro Woche bei gleichbleibendem Gehalt, und mindestens sechsmal im Jahr will ich in unserer Filiale in NY arbeiten.«

New York hatte mich schon immer gereizt, es war außerdem schön weit weg, und eine regelmäßige Flucht aus der Stadt, in der Jan und ich zusammengelebt hatten, würde wohl erlaubt sein.

»Du bist ja ganz schön brutal«, erwiderte mein Boss.

»Der Einzige, der in Zukunft auf mich aufpasst, bin ich selber«, sagte ich. »Wenn ich eines Tages sterbe, will ich mir nicht vorwerfen, dass ich nicht vom Leben verlangt habe, was ich vom Leben will. Du wirst nichts verlieren, keine Angst, ich werde erstklassige Arbeit leisten, aber ich brauche einfach einen größeren Horizont und Zeit für mich.«

»Und was machst du mit der Zeit?«, fragte mein Boss.

»Schreiben. Ich werde Romane schreiben.«

Beschlossen und verkündet. Schreiben war meine Bestimmung, das wusste ich, das hatte auch Jan immer gesagt. Besonders leicht würde mir im Moment ein handfestes Drama fallen, aber ich wollte mich lieber an eine Komödie heranwagen, an etwas Leichtes, Fröhliches.

Ich hatte ja sonst nicht viel zu lachen. Ich war sechsundzwanzig Jahre alt, schwer verwundet und allein. Aber meine Träume wollten leben.

Es gab eine neue Zeitrechnung. Vorher und Nachher, das Nachher sind die Monate nach Jans Tod. Sechs Monate danach konnte ich ab und zu wieder ohne Hilfsmittel einschlafen und aß auch wieder fast normal. Sieben Monate danach sah ich im Traum zum ersten Mal wieder Jans Lächeln. An diesem Tag begann ich meinen Roman.

Das Schreiben war beglückend. Ich hatte wieder einen Grund, morgens aufzustehen, fiel in Trance, war in einer anderen Welt, während meine Finger die Tasten des Computers bearbeiteten. Buchstabe für Buchstabe, Wort für Wort, Zeile für Zeile reihten sich aneinander, fließend, ohne Qual.

»Du bist so schön, ich möchte dich malen«, sagte eines Abends ein Fremder zu mir, als ich mit ein paar Kollegen in einem Restaurant verabredet war. Die Kollegen waren schließlich gegangen, und ich blieb mit dem Fremden am Tresen, wir tranken Wein, ich genoss seine Blicke.

»Kommst du mit?«, fragte er später.

»Warum nicht?«, antwortete ich und meinte es auch so.

Er wohnte bei mir in der Nähe, seine Wohnung war viel größer als meine, im Grunde war es ein Atelier mit einem separaten Schlafzimmer. Überall standen bemalte Leinwände herum, wilde Bilder, alle abstrakt, und ich fragte mich, ob er auch Reales malen konnte statt der verrückten Linien und Formen.

Aber im Grunde war mir auch das völlig egal. Er malte mich nie. Was uns am meisten zusammenhielt, war exzessives Trinken, dem wir uns an gemeinsamen Abenden hingaben. Das war gefährlich, das passte nicht länger zu mir.

Ein halbes Jahr später traf ich Viktor. Viktor war Anwalt, keiner der steifen Sorte, eher einer, der locker war und der wunderbar mit Worten spielen konnte. Seine Sprache war sehr metaphorisch, er konnte auch Bandwurmsätze bilden, ohne den Faden zu verlieren, manchmal lauschte ich einfach nur dem Klang seiner angenehmen Stimme.

»Meine kleine Französin«, nannte er mich immer, weil er fand, ich würde aussehen wie eine Pariserin mit meinem Pagenköpfchen, das ich alle sechs Wochen akkurat schneiden ließ.

Bei Viktor konnte ich alles vergessen, wenn wir zusammen im Bett waren. Fast alles. Weil mir nach einem kurzen Anfangsrausch schmerzlich auffiel, dass seine Haut nicht so weich war wie die von Jan und dass ich, obwohl er Humor hatte, mit ihm nicht so albern sein konnte wie mit Jan, sein Lächeln wärmte mich nicht, es fehlten Freude und eine zärtliche Unbefangenheit, die wohl nur entstehen, wenn das Herz mitspielt.

In meinem zweiten Jahr ohne Jan trat Klaus in mein Leben. Er ließ sich von meiner Verschlossenheit nicht abschrecken, ganz im Gegenteil, sie schien ihn anzuspornen zu einer klassischen Eroberungsstrategie.

»Normale Frauen sollen Rosen bekommen, zu dir passen nur seltene Orchideen«, stand auf einer kleinen Karte geschrieben, die in einem exotischen Blumenbukett steckte und mir direkt in die Agentur geschickt wurde.

»Mein Name ist Klaus, und ich bin sehr kuschelig«, stand auf einem Schild, das eine kleine Plüschseerobbe um den Hals trug, die eines Tages in einer Tüte an meiner Türklinke hing.

Ich bekam von Klaus meine Lieblingskekse und eine Einladung zum Champagnerfrühstück, eine Erstauflage eines Romans, von dem ich ihm erzählt hatte, Anrufe in den richtigen Abständen und Zuwendung, sobald ich es zuließ. Klaus war einfach wunderbar und fast perfekt. Doch er roch nicht wie Jan, sein Duft war fremd irgendwie, er betrachtete mich eher, als dass er mich mit seinen Blicken streichelte, wie Jan es immer getan hatte, und sein Gang war nicht so geschmeidig wie der von Jan.

Seit der Änderung meines Arbeitsvertrages vor fast zwei Jahren hielt ich meine vier Arbeitstage pro Woche für die PR-Firma eisern ein und reiste regelmäßig nach New York. Dort wohnte ich immer im selben Hotel, möglichst auch im selben Zimmer, um mich heimisch zu fühlen.

Mein jüngstes Projekt war eine große Pressekonferenz in New York für einen internationalen Luxuskonzern, der eine neue Produktlinie einführen wollte, eine noble Sportswearkollektion als Ergänzung zu seiner eleganten Modemarke. Meine New Yorker Kollegen redeten voller Respekt über den Boss dieser Firma, den ich bisher nicht kennengelernt hatte. Max ist intelligent, Max ist kein Blender, Max ist authentisch, Max ist geradeaus, Max hat wahnsinnig viel Energie, Max weiß, was er will. Ich hörte mir den Tratsch nur mit einem Ohr an. Wahrscheinlich war er ähnlich eitel wie die meisten Männer, die ich in Führungspositionen erlebt hatte und die ihre Macht genossen, Macht, die ohnehin meist nur geliehen war und mich entsprechend langweilte.

»Max leitet die Pressekonferenz«, sagte ein Kollege. »Aber er will auch seine Mitarbeiter sprechen lassen, sind bis auf eine Ausnahme alles Frauen.«

»Frauen, aha«, gab ich zurück. »Mit dem großen Max als Hahn im Korb?«

»Nein, nein«, erklärte mein Kollege, »Max ist ziemlich immun gegen Frauen, soweit ich weiß.«

»Also steht er auf Männer?«, fragte ich.

Noch bevor mein Kollege antworten konnte, gingen die Türen auf, wir begrüßten den Marketingleiter der Company, die Designerinnen und Produktmanagerinnen und schließlich den großen Max. Groß stimmte, er war über einen Meter neunzig lang, hatte ein gewinnendes Lächeln und eine Entspanntheit oder Lockerheit, ich konnte es nicht genau definieren. Max setzte sich, ebenso seine Mitarbeiter, wir von der Agentur und schließlich alle Journalisten. Es ging los: Hinter dem großen Maximilian wurden auf einem großen Bildschirm große Fotos der neuen Kollektion gezeigt.

»Unser Team hat sich mit viel Herz dieser neuen Aufgabe verschrieben«, erklärte Max, nachdem er die Presse begrüßt hatte. »Wenn man heute von Luxus spricht, so gehört dazu Zeit, Zeit für sich selbst, Zeit zur Erholung und Besinnung. Bei unserem Stresslevel brauchen wir natürlich auch Bewegung und körperliche Aktivität, um gesund zu bleiben und um uns selbst zu spüren. Sport kann aber auch sehr meditativ sein, in jedem Fall heilsam und entspannend, und dieser Gesinnung wollen wir Ausdruck verleihen in unserer neuen Sportswearlinie, die nicht nur für Aktivsport gedacht ist, sondern für die Momente der Freiheit in unserem Leben.«

Er sprach überzeugend und kraftvoll. Außerdem benutzte er nicht meine Worte aus der Presseerklärung, sondern seine eigene Sprache.

»Jetzt muss ich mich beherrschen, dass ich vor lauter Begeisterung nicht zum Prediger werde«, sagte Max und lächelte.

Er sprach weiter, präzise, klar und ohne Floskeln. Was meine Kollegen erzählt hatten, stimmte offenbar. Dieser Max war ein besonderer Kunde, ein erfolgreicher Geschäftsmann, ein kluger Denker, selbstbewusst und unprätentiös.

Als Max schließlich das Wort an seinen Marketingchef übergab, lächelte er ihm zu, lehnte sich zurück und ließ seinen

Blick über uns Zuhörer gleiten, kurz blieb er bei mir hängen, so schien es mir, und mir wurde auf einmal ganz heiß. Da war etwas Vertrautes, was diesen Fremden für mich nicht fremd erscheinen ließ: sein Lächeln, ein jungenhaftes, natürliches Lächeln, das einen guten, reinen Ursprung hatte.

Nach den letzten Ausführungen des Marketingchefs und nach Beantwortung der Fragen der Journalisten standen alle auf, Max griff seinen Marketingchef, umarmte ihn und küsste ihn herzlich rechts und links auf die Wange. So etwas hatte ich noch nie gesehen. Männer schüttelten sich kernig die Hände, auch war mal ein Schulterklopfen drin. Aber diese Herzlichkeit?

Mein Kollege folgte meinem erstaunten Blick.

»Guter Typ, dieser Max«, murmelte ich.

»Er steht übrigens nicht auf Männer, falls du das jetzt glaubst, der ist einfach so.«

»Und was ist dann sein Problem mit Frauen?«, fragte ich.

»Es ist eine tragische Geschichte«, erklärte mein Kollege. »Max war verheiratet, aber seine Frau ist vor ein paar Jahren an Krebs gestorben.«

Ich schaute zu Max hinüber. Unser Kunde Max war also auch ein Übriggebliebener. Wie aus der Ferne hörte ich die Stimme meines Kollegen.

»Damals, als seine Frau erkrankt ist, hat er eine Non-Profit-Organisation zusammen mit einem Mediziner gegründet«, erklärte der Kollege weiter. »Für seine Frau war es zu spät, aber so wird vielen anderen Menschen geholfen.«

Ich hörte aufmerksam zu und merkte an meinen schmerzenden Fingerknöcheln, die sich um einen Kugelschreiber krallten, dass ich mich allein bei dem Gedanken an Krankheit wieder total verkrampfte.

Plötzlich stand Max vor mir.

»Sie müssen Marlene sein«, sagte er.

Ich schaute zu ihm auf. »Sind Sie Hellseher?«

»Nein«, Max lachte, »aber ich habe schon viel von Ihnen gehört.«

»Sie verstehen eine Menge von Sport, oder?«, fragte ich Max.

»Ja, ich jogge täglich im Central Park, meist im Morgengrauen vor der Arbeit. Momentan trainiere ich für den Marathon.«

Natürlich, Joggen hat etwas mit Atmen zu tun, mit Leben. Dieser Max joggte sicher, bis die Lungen brannten. Habe ich auch probiert. Joggen hilft manchmal für ein paar Minuten, doch kommt man immer wieder dort an, wo man losgelaufen war: Zu Hause und allein mit seinen Gedanken.

Max wartete kurz auf eine Reaktion von mir, aber als ich nichts sagte, nichts sagen konnte, fragte er: »Und Sie? Wenn Sie sich nicht den Kopf für unsere Firma zerbrechen, was machen Sie dann sonst?«

Ich antwortete vage: »Ganz lustige Sachen.«

»Lustige Sachen?«, wiederholte Max gedehnt.

In dem Moment brachten meine Kollegen ein paar Gläser und Champagner, um auf die gelungene Pressekonferenz anzustoßen. Bevor ich auf Max' befremdetes Erstaunen reagieren und ihm von meiner Romanschreiberei erzählen konnte, wurde der Champagner gereicht. Ich hob mein Glas, nickte in die Runde und schaute Max fest in die Augen.

»Auf die Liebe und auf das Leben!« Klar und deutlich standen meine Worte im Raum.

»Darauf trinke ich nicht«, gab Max zurück und stellte sein Glas auf den Tisch.

Ich erstarrte. Ich wollte die Situation retten, etwas erklären, von Hoffnung sprechen, aber ich wagte es nicht. Zu viele Ahnungslose standen um uns herum, und wir kannten uns nicht. So schwieg ich betreten.

Zurück zu Hause in Deutschland konnte ich das Gefühl, etwas verdorben zu haben, nicht recht abschütteln. Statt eine Brücke zu bauen, hatte ich einen Graben gezogen. Aber New York war weit weg, und so versank ich wieder im Schreiben. Irgendwann war er dann tatsächlich fertig, mein erster Roman! Das Manuskript schickte ich nur an einen einzigen Verlag. Er schien mir der richtige zu sein.

Wenn ich in die Zukunft blickte, und das tat ich fortan täglich mehrmals, dann sah ich einen Brief. Es würde kein Anruf kommen, denn ich hasste das Telefon, es würde also ein Brief an mich geschrieben werden. Ein dünner, der vielleicht ein wenig knisterte, jedenfalls musste er dünn sein, denn in einem ganz dicken würde ich mein Manuskript als abgelehnt zurückbekommen, und das durfte einfach nicht geschehen. Je mehr Zeit verging, desto mehr konnte ich das Papier zwischen den Fingern fühlen. Ich stellte mir den Moment vor, wenn der Brief endlich in meinem Postkasten wäre. Mit meinem Namen darauf, sauber getippt.

Die Wochen vergingen, dann war er eines Tages da, der Briefumschlag, ohne Briefmarke, gestempelt von einer Maschine mit dem Namen des Verlages. Der Briefumschlag war weiß und dünn. Noch im Hausflur riss ich ihn auf. Meine Augen flogen über die Zeilen. Ich las den Text noch einmal und noch ein drittes und viertes Mal. Auf einer dicht beschriebenen Seite stand meine Zukunft: Ich würde eine Schriftstellerin sein. Mein erster Roman sollte erscheinen. Man fand mich originell und talentiert.

Meine Gebete waren also erhört worden. Warum diesmal, verstand ich nicht. Aber ich nahm es dankbar hin. Schließlich war gerade etwas Wunderbares geschehen.

Bis der Roman erschien, hieß es erst mal Agenturbusiness. Ich schrieb für die unterschiedlichsten Produkte und Firmen PR-Konzepte und Pressemitteilungen, sammelte Ideen für Happenings, knüpfte Medienkontakte, hielt Kreativmeetings mit Kollegen ab und widmete mich der Kundenpflege.

Auch Max traf ich so wieder.

Er war freundlich und offen, sein Blick warm, von der Missstimmung am Ende unseres ersten Treffens war nichts mehr zu spüren. Wir duzten uns bald, weil er konservatives Getue ablehnte, und er buchte mich für verschiedene Projekte: Ich sollte einen Plan für regelmäßige Presseaussendungen erarbeiten, ein Konzept für eine Jubiläumsparty schreiben, einen intimen Event für eine exklusive Produkteinführung organisieren und ihn bei der Verteilung der PR-Budgets für verschiedene Marken beraten.

Meine Arbeit, egal, ob die Romanschreiberei oder die kreativen Aufgaben für die Agentur, war mein Anker und half mir. Es gab vieles zu durchdenken und zu entscheiden, ich war aktiv und unterwegs, und all das gab mir innere Ruhe, die sich gut anfühlte.

Trügerische Ruhe. Ein Sturm ist nicht vorbei, nur weil man das Fenster schließt. Mein Boss öffnete das Fenster, einfach so, eines Abends in meinem zweiten Jahr in New York.

»Wir müssen mal etwas für einen guten Zweck tun, ohne Honorar«, begann er das Gespräch.

»Und was?«, fragte ich ahnungslos.

»Max engagiert sich doch privat für neue Behandlungsmethoden bei Krebserkrankungen«, erklärte mein Boss weiter.

Ich nickte nur.

»Da liegen die Leute im Krankenhaus, und diese Innovationen sind ihre einzige Hoffnung«, sagte er.

Krankenhaus.

Krebs und Krankenhaus.

Mir wurde kalt.

»Die Organisation funktioniert sehr gut, aber du kennst ja Max, es soll weitaus mehr passieren, mehr Menschen geholfen werden, und so hat er vor, die Aufmerksamkeit der Öffentlichkeit intensiv auf dieses Thema zu lenken. Mit viel mehr PR, und wir sollen ihn dabei unterstützen.«

»Wir?«, fragte ich leise. »Warum ich?«

Warum ausgerechnet ich?

»Na komm, Marlene, wir müssen auch mal bei einem Non-Profit-Projekt mitmachen. Wo bleibt dein Idealismus?«

»An Idealismus mangelt es mir nicht«, stöhnte ich. »Aber dieses Thema ist für mich schwierig, sehr schwierig.«

Er nickte. »Ich weiß, aber das ist doch alles so lange her, du musst das endlich mal hinter dir lassen.«

»Ich muss gar nichts!«

»Du bist aber genau die Richtige dafür. Emotionalität hilft bei so einem Thema, verstehst du?«

»Was weißt du denn schon«, murmelte ich.

»Wenn du mitmachst, wird dir das vielleicht sogar helfen.«

»Vielleicht auch nicht.«

»Nun gib dir doch einen Ruck, Marlene!«

Ich schwieg. Ich war nicht stark genug. Mein Boss würde nicht lockerlassen, würde mich weiter quälen, das war klar.

»Gut, also gut, weil es für einen guten Zweck ist. Ich werde kostenlos ein paar Texte schreiben. Aber danach lasst ihr mich damit bitte in Ruhe.«

»Einverstanden, toll!«, antwortete er. »Ich rufe gleich Max an und sage Bescheid, dass du mit im Boot bist.«

Auf dass ich nicht über Bord falle und in einem Meer an Tränen ertrinke. Verdammt.

Prompt hatte ich nachts einen Albtraum. Meine Kieferknochen schmerzten beim Aufwachen, ein sicheres Zeichen, dass ich stundenlang die Zähne fest zusammengebissen hatte, und mein Nacken war total steif. Ich duschte lange, lange, ließ das Wasser an meinem Körper hinunterlaufen, um mich wieder so weit zu entspannen, dass ich einen Arbeitstag in New York mit anschließendem Rückflug nach Europa überstehen würde.

Im Frühstücksraum des Hotels traf ich Max, der dort zufällig ein Breakfast-Meeting hatte. Als er mich entdeckte, sprang er auf und gab mir einen Kuss auf die Wange. Ich war so erstaunt, dass ich einfach so dastand und nichts tat, außer ihn anzustarren. Hatte er mich tatsächlich gerade geküsst?

»Guten Morgen, Marlene«, sagte er lächelnd. »Ich bin sehr begeistert.«

Keinen Ton bekam ich heraus.

»Vielen Dank, dass du mir einige Texte schenken willst«, sagte er und strahlte mich an.

Ich versuchte, mich zusammenzureißen.

»Texte für deine Stiftung, ja. Sollten wir vielleicht nachher mal darüber sprechen, solange ich noch in New York bin?«

»Absolut, wir sehen uns später!«

Er streifte mich noch einmal mit seinem jungenhaften Lächeln. Während ich allein an meinem Frühstückstisch saß und mir heißen Kaffee einflößte, überließ ich mich dem Gefühl banger Erwartung. Bagels und Muffins blieben unberührt, mein Magen war zugeschnürt.

Dieser Tag begann verwirrend und ging so weiter. Das Meeting mit Max fand nicht statt, den ganzen Tag hatte ich mich davor gefürchtet, aber als ich abends in das Flugzeug nach Europa stieg, bedauerte ich irgendwie, ihn und sein Lächeln nicht noch einmal gesehen zu haben. So saß ich in meinem Flugzeugsitz und dachte an ihn, sehr intensiv sogar.

Plötzlich war er da!

Max kam allen Ernstes durch die Flugzeugtür, leibhaftig er, keine Fata Morgana, er war im Flugzeug, ein paar Sitzreihen vor mir, fast zum Greifen nah.

Wie ferngesteuert, als müsste es so sein, als gäbe es keine andere Wahl, stand ich auf und lief geradewegs auf ihn zu. Vorsichtig legte ich die Hand auf seine Schulter. Er drehte sich um und erhob sich sofort.

»Marlene! Es tut mir leid, dass unser Meeting ausgefallen ist, ich habe es einfach nicht geschafft. Aber lass uns das nachholen. Wo sitzt du?«, fragte er.

Eine blitzschnelle Reaktion, wenig erstaunt, mehr erfreut, so schien es mir. Er bat meinen Kollegen, der neben mir saß, den Platz mit ihm zu tauschen. Wir schnallten uns an, die Bordbeleuchtung wurde ausgeschaltet, und wir starteten den Flug nach oben in die Nacht.

Mir war vorher noch nie aufgefallen, wie intim es im Flugzeug sein kann. Man hebt gemeinsam ab, lässt den Boden unter sich, und es ist dunkel wie in einem Nachtclub. Jeder hat wenig Raum, wenn ich nicht aufpasste, würde ich ihn berühren.

Wir sprachen über die Arbeit für die Stiftung, wobei mir

bei meinen Antworten die Luft wegblieb. Ein merkwürdiges Stresssymptom, das ich nur von wichtigen Präsentationen kannte, aber normalerweise gut unterdrücken konnte. Im Flugzeug mit Max war allerdings nichts mehr normal. Etwas war in Bewegung geraten, wahrscheinlich nicht erst im Moment des Abhebens, es war gut, es war unkontrollierbar, und es wuchs.

Ich wusste plötzlich, was ich wollte. Ich wollte mit Max über Krebs reden, ich wollte, dass er meine Vergangenheit kannte. So erzählte ich von Jan, etwas stockend erst, dann schneller, dabei aber so ruhig und schlicht wie nur möglich. Von seinem Strahlen, seinem Leben, seinem Sterben. Und von meiner Ohnmacht.

Max hörte mir aufmerksam zu.

»Jan hat viel gelacht, er war nie hämisch oder zynisch, sondern fröhlich, ohne unkritisch zu sein. Wenn ich in den ersten Monaten nach seinem Tod lachen wollte, ist mir das Lachen im Hals stecken geblieben, weil ich noch lachen durfte und er nie wieder.«

»Ich verstehe«, sagte er. »Es ist schrecklich, allein zurückzubleiben. Als meine Frau gestorben ist, habe ich mich gefühlt wie amputiert.«

Wir schwiegen beide für einen Moment.

»Wie geht es dir heute?«, fragte ich vorsichtig.

»Heute? Ich bin seit vier Jahren allein. Meine Freunde versuchen schon seit geraumer Zeit, mir unauffällig Frauen vorzustellen, aber ich hatte nicht ein einziges Rendezvous. Macht mich das zu einem Sonderling?« Er lächelte verschmitzt.

Ich lächelte zurück. »Kommt darauf an, ob du planst, um Frauen weiterhin einen großen Bogen zu machen.«

»Allmählich möchte ich schon wieder wie ein Mensch leben«, antwortete er. »Allerdings weiß ich gar nicht, wie ich das anfangen soll. Meine Frau und ich waren schon als Jugendliche zusammen, das heißt, diese ganzen Eroberungsspielchen und Regeln für Verabredungen kenne ich gar nicht.«

Es war kaum zu glauben, aber ich war mir sicher, er kokettierte nicht.

»Wie müsste denn ein für dich passender Mann sein?«, fragte Max auf einmal.

Das hatte ich noch nie in Worte gefasst. Trotzdem antwortete ich ohne Zögern: »Klug, stark und warm! Ja, so muss er sein. Ich will einen Gefährten, dem ich Kraft geben kann und der mir Kraft gibt, wenn ich es brauche. Es klingt sicher idiotisch, weil mich immer alle für so selbständig halten, bin ich auch, aber ich wünsche mir eine Schulter zum Anlehnen. Dummes Klischee, oder?«

Ich ertappte mich dabei, dass ich seine Schulter betrachtete. Dann glitt mein Blick aufwärts zu seinem Hemdkragen. Es war ein schönes Hemd.

Eine Stewardess servierte Champagner. Die Erfahrung hätte mich eigentlich lehren sollen, mich mit Trinksprüchen zurückzuhalten. Trotzdem erhob ich mein Glas.

»Auf die Liebe und das Leben!«, sagte ich.

Ich hielt die Luft an und wartete ab.

»Auf die Liebe und das Leben!«, wiederholte Max.

Mein Übermut erwachte. »Na, das geht doch ganz gut! Erinnerst du dich daran, dass du auf diesen Satz mal ganz anders reagiert hast, mit Abwehr, fast mit Wut?«

Max nickte. »Ich erinnere mich leider sehr gut. Ehrlich gesagt, ich schäme mich noch heute dafür.«

»Damals habe *ich* mich geschämt. Ich war mir sicher, du würdest mich für eine oberflächliche, alberne Person halten.«

»Nein, nein, absolut nicht. Ich glaube, ich war einfach noch nicht so weit …«

Wir sahen uns schweigend an. Seine Augen waren blaugrau. Wolfsaugen, dachte ich. Wachsam.

Unsere Blicke balancierten auf unsichtbaren Fäden. Max löste sich als Erster.

»Ich muss jetzt wirklich zurück zu meinem Platz, Marlene. Ein paar Stunden Schlaf brauche ich, weil ich morgen früh gleich topfit sein muss. Und wir müssen in Kürze noch mal über die PR-Arbeit für die Stiftung reden, ich ruf dich an. Es gibt eine Menge zu tun. Also, schlaf gut und bis bald.«

Er ging. Ich fühlte mich sofort schrecklich verlassen. Alles war durcheinandergeraten.

Mein Kollege kam zurück, aber ich hörte ihm nur mit halbem Ohr zu. Ich wollte nachdenken, mir jedes Wort ins Gedächtnis rufen, ganz für mich allein. So kuschelte ich mich in eine Flugzeugdecke und drehte mich auf die Seite.

Ich fühlte.

Da war ein Jubel in mir. Und gleichzeitig Angst.

Es gibt Momente im Leben, da braucht man Mut, da muss man die Angst vertreiben, sie wegschieben und ignorieren, weil sie alles zerstört und alles verhindert. Und man muss seiner Ahnung vertrauen, fest und unerschütterlich.

Stunden später weckte mich mein Kollege. Wir landeten. Das Aussteigen war wie üblich eine hektische Angelegenheit, und als ich endlich im Flughafengebäude stand, war von Max nichts mehr zu sehen.

Ich wollte schnellstens nach Hause. Ich brauchte den Schutz meiner Wohnung, meiner Manuskripte, und ich wollte alles aufschreiben, was geschehen war.

Ich wusste, dass meine Welt verrückt geworden war. Ich wusste, ich hatte begonnen, Max zu lieben.

Am nächsten Tag ging ich in die PR-Agentur. Ich fühlte mich krank, liebeskrank wohl. Ich hatte kaum geschlafen, Max fehlte mir physisch, was ziemlich merkwürdig war, denn ich hatte ihn bisher ja kaum berührt.

Und ich hatte einen Entschluss gefasst: Ich wollte alle Gefühle zulassen, alle, bis auf eines: Zweifel. Zweifel würden alles zerstören und mich zu sehr ablenken, denn ich stand vor einer enormen Konzentrationsanstrengung. Ich würde mich fast in Trance begeben müssen, um meinen Teil unseres Schicksals aktiv lenken zu können.

Zielstrebig ging ich ins Firmenarchiv. Hier wurden Zeitungen und Zeitschriften aufbewahrt, Artikel und Filmbeiträge, die etwas mit unserer Arbeit und unseren Klienten zu tun hatten. In der vergangenen Nacht war mir ein Magazin in den Sinn gekommen, das vor nicht allzu langer Zeit Max zum Manager des Jahres gekrönt und einen langen Bericht über ihn gedruckt hatte samt Coverfoto. Das wollte ich! Ich wollte ihn. So nah wie möglich. Sein Abbild war wenigstens ein Anfang.

Nach Ewigkeiten fand ich die Zeitschrift. Da saß ich nun mitten auf dem Fußboden des Archivs und hielt den Kopf von Max in den Händen. Ich starrte auf das Titelseitenfoto.

Ich musste hier weg, raus, schnell. Ich stand auf und lief zum Fotokopierer. Sicherheitshalber schaute ich mich noch kurz um, aber alle Kollegen hingen entweder am Telefon oder arbeiteten mit gesenkten Köpfen an ihren Schreibtischen. Also machte ich mich ans Werk. Die Titelseite mit seinem Porträt fotokopierte ich gleich mehrmals, außerdem alles, was ich über ihn gefunden hatte, kleinere Fotos, Max in New York, bei irgendwelchen Events, egal. Alles, alles musste ich haben. Vorsichtig rollte ich meine Kopien zusammen und sagte den Kollegen, dass ich zu Hause arbeiten würde.

Ich wollte nicht gestört werden.

Denn ich würde anfangen, mit Max zu leben!

Genau genommen studierte ich ihn. Ich betrachtete jedes einzelne Foto, lange, mit voller Aufmerksamkeit. Rein äußerlich gefiel er mir sehr. Er war groß, nicht zu dünn, aber schlank und sportlich mit breiten Schultern und aufrechter Haltung. Auf den meisten Fotos trug er dunkle Anzüge, schmal geschnitten, einreihig. Seine großen blaugrauen Augen wirkten klar, er hatte schöne Augenbrauen, kräftig und geschwungen. Dunkle, kurz geschnittene Haare und auch dunkle Haare auf gepflegten Händen. Seine Finger hatten etwas Besonderes, eine gewisse Eleganz, wie man sie vielleicht bei einem Klavierspieler erwartet. Ob er wohl auch Haare auf der Brust hatte? Keine Spekulationen! Was konnte ich wirklich erkennen?

Auf einem Foto war er sehr gut getroffen, aber er hatte wohl noch nicht damit gerechnet, dass der Fotograf auf den Auslöser drücken würde. So verriet dieses Bild etwas sehr Persönliches, eigentlich nicht gedacht für ein Kameraauge. Max hatte etwas Verletzliches, Zurückgezogenes und sehr Einsames. Vorsichtig strich ich ihm über die Wange. Nein, eigentlich nicht ihm, sondern einer Fotokopie. So streichelte ich seine Papierwange. Das Verletzte wollte ich ihm nur allzu gern abnehmen, es wegpusten für immer.

Ich legte die Fotos um mich herum. Auf den Tisch, auf den Fußboden, sie waren überall, im Schlafzimmer, im Wohnzimmer, ich balancierte vorsichtig zwischen ihnen umher. Es fühlte sich gut an, als wäre er ein bisschen bei mir.

Es war bereits Freitagnachmittag, und Max würde sicher nicht am Wochenende anrufen. Zu schnell, zu privat. Er würde geduldig sein, sicher geduldiger als ich. So konzentrierte ich mich weiterhin auf meinen inneren Dialog mit ihm. Ich unterhielt mich mit den Fotokopien von Max, und ich hatte allen Ernstes begonnen, sie hin und wieder zu küssen, zärtlich und vorsichtig. Mal landete ein Kuss auf den Augen von Max, mal auf der sensiblen Stelle am Augenwinkel nahe der Schläfe, mal auf den Wangen, mal auf dem Mund. Zum Einschlafen nahm ich die Kopien schließlich mit ins Bett. Die größte Kopie platzierte ich auf meinem Zweitkissen, legte mich auf die Seite und kuschelte mich so zurecht, dass ich Max anschauen konnte. Da fiel mein Blick auf das Foto hinter Max. Es stand wie immer in einem Silberrahmen auf dem Nachttisch. Jan schaute zurück. Mein Jan, in dessen Augen ich kaum zu gucken wagte.

Ein langer Samstag und ein langer Sonntag ohne Lebenszeichen von Max. Montag, ein guter Tag, um aktiv zu werden. Einmal mehr zerbrach ich mir den Kopf darüber, wie wir eigentlich verblieben waren.

Sollte ich auf seinen Anruf warten?

Könnte ich wohl ihn anrufen, schließlich hatten wir ja jetzt ein gemeinsames Projekt, und da gab es doch viel zu besprechen und zu überlegen?

Würde er es aufdringlich finden, wenn ich so schnell Kontakt aufnähme, und würde er sich dann womöglich ganz zurückziehen?

War dieser Mann nicht ohnehin eine Nummer zu groß für mich, zu wichtig, zu einflussreich, zu klug, zu erfolgreich?

Was sollte ein Mann wie Max, der in New York eine große Firma leitete, mit einer Frau, die in Deutschland lebte?

Er müsste schon wieder zurück in New York sein, da war es jetzt neun Uhr, da fing er doch sicher spätestens an zu arbeiten, vielleicht sollte ich einfach abwarten, bis er sich meldet?

Aber was tue ich, wenn er nicht anruft?

Die Frage wirbelte durch meinen Kopf, ich konnte gar nicht mehr klar denken, und ehe mich der für eine Sekunde aufkeimende Mut verließ, griff ich zum Telefon und wählte seine Nummer.

Statt seiner Stimme hörte ich die seiner Sekretärin. Kühl, distanziert, weit weg. Sie war die unerbittliche Endstation meiner Hoffnung. Nein, er war in einem wichtigen Meeting, da war nichts zu machen, nein.

Nun war ich endgültig zum Warten verdammt. Unerträglich. Meine Morgeneuphorie hatte sich zur Nachmittagsverzweiflung gewandelt und wich nun einer quälenden Abenddepression. Schon schmerzte mein Magen, zu viele Zigaretten, zu wenig Essen. Mit einem Käsebrot ging ich ins Bett, dort war es wenigstens warm und kuschelig.

Plötzlich klingelte das Telefon. Ich ließ das Käsebrot auf den Teller fallen, rutschte aus dem Bett und rannte ins Wohnzimmer. Schnell griff ich zum Hörer.

»Hier ist Max, hallo!«

Seine Stimme, er war es wirklich. Mein Herz pochte wie wahnsinnig.

»Oh, hallo, wie geht es dir?«, antwortete ich hastig.

»Ganz gut, obwohl ich die Kurztrips zwischen Europa und Amerika immer etwas anstrengend finde. Du hast angerufen?«, fragte er.

»Ja, äh, ich wollte nur wissen, wo du in nächster Zeit bist. Ich habe schon einige Ideen für deine Stiftung. Darüber sollten wir sprechen.«

»Vorerst bin ich in New York. Allerdings werde ich wohl in der nächsten Woche, genauer gesagt, am Dienstag, bei dir in der Stadt sein. Ich will zwei junge Designer treffen, die für unseren Konzern ganz interessant sein könnten.«

Er kommt hierher? Ich verlor fast die Fassung.

»Mein Meeting ist am späten Nachmittag«, erklärte Max, »da kann ich danach wohl nicht mehr weiterfliegen. Vielleicht könnten wir uns dann zum Dinner treffen und über unser Projekt reden?«

Das war er. Mein Moment. Ich wollte etwas Persönliches sagen, etwas, das uns betraf, ihn und mich, nicht nur das Projekt. Ich holte tief Luft.

»Wir könnten auch unser Gespräch über den Wolken auf der Erde fortsetzen.«

Einen Moment lang hörte ich nur das leichte Rauschen der Leitung. Ich biss mir auf die Lippen. Hatte das zu pathetisch geklungen, zu privat?

»Schön, dass du das auch so empfindest«, antwortete Max. Es hörte sich an, als ob er lächelte.

Er hatte von Empfinden gesprochen, also von Gefühlen?

»Gut«, gab ich zurück. »Dann hast du jetzt also ein wichtiges Meeting und danach – ein Rendezvous!«

Nun lachte Max wirklich. »Klingt aufregend!«

»Finde ich auch.«

Es war wie nach einem Marathonlauf: Ich fühlte mich total erschöpft. Meine starre Konzentration wich langsam einer zarten Erwartung. Nachdenklich betrachtete ich einmal mehr die Fotokopien mit seinem Gesicht. Ein Puzzlestein fügte sich an den anderen. Ich wollte eine Mauer einrennen, und ganz plötzlich ging die Tür auf. Keine Widerstände.

Am Morgen nach unserem Telefonat war es Dienstag. Es würde also noch eine ganze Woche dauern, bis Max hier ankam. Ich ging in die Agentur. Nach zwei Meetings saß ich vor meiner Projektliste. Ich las sie von oben bis unten, dann von unten nach oben und fing wieder von vorne an.

»Marlene, die Texte für die Getränkefirma brauchen wir so schnell wie möglich«, sagte ein Kollege.

Ja, Schreiben, gute Idee. Ich versuchte mich zu konzentrieren. Das gelang mir eine ganze Weile, bis ich plötzlich kurz an Max dachte. Ich schaute auf die Uhr. Es waren gerade mal zwei Stunden vergangen.

Von Mittwoch bis Freitag arbeitete ich, so viel ich konnte. Abends ging ich mit Kollegen etwas essen oder saß zu Hause und träumte. Vor dem Einschlafen immer dasselbe Ritual: ein Gespräch mit einem Foto von Max.

Am Samstag ging ich einkaufen. Bloß nicht in meiner Wohnung sitzen. Schuhe wollte ich. Bücher brauchte ich. Haushaltsreiniger. Lebensmittel, erst beim Bäcker, Käseladen, Fischgeschäft, dann noch auf dem Wochenendmarkt, bis mein Kühlschrank fast platzte. Am Sonntag traf ich Freunde. Von Max erzählte ich kein Wort.

Endlich war es wieder Montag, noch einmal schlafen, und Max würde kommen. Ich hatte nichts mehr von ihm gehört. War das so üblich bei Geschäftsmännern? Verabredung ist Verabredung?

Vorsichtshalber, falls eine unvorhersehbare Situation eintreten sollte, die uns aus der Öffentlichkeit in meine Privatsphäre treiben würde, falls etwas Abwegiges dazu führen sollte, dass wir in meinem Zuhause landeten, falls Max durch eine merkwürdige Wendung des Schicksals zu mir in mein Heim käme, brachte ich meine Wohnung auf Vordermann. Ich rutschte auf Knien in meinem Bad umher, um alle Fliesen mit einem kleinen Schwamm einzeln zu polieren. Ich zog meine Bahnen mit dem Staubsauger und wechselte die Bettwäsche. Die Vorstellung von Max in meinem Bett war absurd, aber trotzdem wollte ich auf alles vorbereitet sein.

Wieder fiel mein Blick auf das gerahmte Foto von Jan. Sollte ich es in die Schublade tun? Ich setzte mich auf die Bettkante und zog mit dem Finger die Linien in Jans Gesicht nach. Du gehörst doch zu mir, dachte ich.

Dann startete mein Pflegeprogramm. Die Berührungen meiner Hände auf meiner eigenen Haut beim Eincremen entspannten mich etwas. Als ich angezogen war und nervös eine halbe Packung Zigaretten vernichtet hatte, rief endlich Max an. Er erzählte kurz und sachlich von den Designern, die er treffen wollte, und fragte mich nach der hiesigen Modeszene aus. Nüchtern, unverbindlich. Wo war der Anklang von Intimität?

Als er mich schließlich wie nebenbei fragte, ob unsere Verabredung für den Abend noch stehen sollte, dauerte es einen Moment, bis ich kapierte, dass wir uns tatsächlich sehen würden.

»Heute Abend? Ja!«, gab ich zurück. »Ich kann dich gegen 20 Uhr vom Hotel abholen.«

»Wunderbar. Und die Planung des Abends gebe ich ganz in deine Hände.«

Da endlich, da war er wieder, der warme, jungenhafte Ton. Ich rief schnell in dem Restaurant an, in dem ich schon vor einer Woche reserviert hatte, um die Uhrzeit zu bestätigen.

Noch drei Stunden.

Wo sind die Hindernisse?

Es gibt eine große Distanz zwischen unseren Wohnorten.

Es gibt einen großen Interessenskonflikt zwischen meiner

Arbeit für die Agentur und der Tatsache, dass Max unser größter Kunde ist.

Die Lösung kann nur heißen: alles oder nichts!

Ich werde viel aufgeben müssen.

Meine Unabhängigkeit.

Meine Wohnung.

Meinen Job.

Meine Heimat.

Ich werde meine Welt auf den Kopf stellen.

Darf ich das eigentlich?

Ich ging zum Bett und nahm das Foto von Jan vom Nachttisch. Dann lief ich mit ihm ins Wohnzimmer und stellte es sacht auf meinem Schreibtisch ab.

Sollte ich vielleicht noch einen Schluck Wein trinken? Nein, kein Nebel im Hirn. Es muss die Nacht der Nächte sein.

Bin ich vielleicht schon morgen früh ein anderer Mensch?

Ich saß im Taxi. Es war stockdunkel draußen. Überwach, ja, das war wohl das richtige Wort. Ich war überwach und in einer Zwischenwelt für Hyperlebendige, die nur noch aus Nerven bestehen. Die Fahrt hätte auch ein Flug sein können oder eine Entmaterialisierung, bevor sich meine Elementarteilchen in der Hotellobby wieder zusammensetzten. Ich sah Max. Er schien noch aufgeregter zu sein als ich. Deshalb wurde ich plötzlich seelenruhig.

Wir liefen durch die dunklen Straßen, und ich schaute ihn von der Seite an. Komisch war das, nach dem Anstarren der Fotokopien Tag für Tag war er nun real, in Bewegung, ein Mann mit warmer Haut und mit fließendem Blut. Ein Mann, der im Leben besser war als im Traum.

Im Restaurant quälte ich mich mit der Speisekarte. Mein

Magen war bereits angefüttert mit Hoffnung, Essen schien mir schier unerträglich, ich war doch körperlos, wo sollte das Essen denn hin?

Max wollte viel über mein Leben wissen, und während ich erzählte, kam es mir vor, als würde er nachrechnen, wie alt ich wohl wäre. Alt genug, wenn auch viel jünger als er. Aber ich sprach es nicht aus, ich ließ ihn rätseln. Wir redeten und redeten und schauten uns an und redeten noch mehr, über das Leben, über die Arbeit und über Freundschaften, über die Welt, nur nicht über uns. Ich hielt das nicht länger aus, die Zeit verstrich, sie rannte weg, und ich musste etwas tun.

Ich wollte mein Herz auf den Tisch legen. Einfach so.

»Max, im Flugzeug, da ist etwas passiert.«

Atmen, dachte ich, atmen. Wenn du nicht atmest, kannst du nicht weitersprechen und nicht hören, was er sagt.

»Wirklich?« Seine Augen veränderten sich. Das Grau trat zurück, das Blau wurde leuchtender.

»Ja«, sagte ich, »ich muss seitdem immer an dich denken.«

Max ließ mich keine Sekunde aus den Augen. Er starrte mich an. Der Schmerz in seinem Gesicht war weg, einfach weg, er lächelte mich an und legte sanft seine Hand auf meine.

»Bei mir ist auch etwas passiert, Marlene. Ehrlich gesagt, du hast mir schon immer gefallen, nicht nur intellektuell, auch als Frau, als Wesen. Und seit dem Flugzeug ...«

Noch immer lag seine Hand auf meiner. Ich nahm sie vorsichtig in meine beiden Hände und küsste ihm langsam jeden einzelnen Fingerknöchel. Natürlich wäre ich in meinen kühnsten Gedanken nie auf die Idee gekommen, so etwas zu tun. Aber ich konnte nicht anders. Schließlich ließ ich seine Hand sinken, hielt sie aber weiterhin fest. Unsicher schaute ich Max an.

Er beugte sich vor und küsste meine Lippen.

So oft und so lange, bis wir schließlich ganz allein in dem Restaurant saßen.

Später fuhren wir zu mir nach Hause, zu den sauberen Kacheln im Badezimmer, dem frisch gesaugten Teppich und dem kalten Wein im Kühlschrank.

Max setzte sich auf den Fußboden, warum auch immer, und ich tat es ihm nach. Wir tranken und redeten, und er wollte nun ganz direkt wissen, wie alt ich war. Sechzehn Jahre jünger; das machte ihm Sorgen.

»Sorgen?«, fragte ich. »Wirf sie weg, für so was haben wir keine Zeit!«

Die Stunden vergingen, die Intimität wuchs. Max knöpfte mir irgendwann die Bluse auf und ich ihm sein Hemd. Er hatte überall dichte Haare, auf der Brust, auf dem Bauch. Sie gefielen mir so, und ich streichelte sie.

Plötzlich verschwand die schwebende Körperlosigkeit, ich war wieder mitten in meinem Leib. Wir liebkosten uns in meinem Bett. Wir liebten uns in meinem Bett. Wir kuschelten uns zusammen in meinem Bett.

Und Max erzählte mir flüsternd, wie schön er mich fand. Wie schön er alles, einfach alles an mir fand. So werden Frauen noch schöner, ich habe mich jedenfalls noch nie so überirdisch schön gefühlt wie in dieser Nacht.

Im Morgengrauen überfiel uns Panik. Der Terminkalender von Max zwang zur Trennung, und das war unerträglich. Als Liebesbeweis verschob Max seinen Flug um zwei Stunden, sodass wir einhundertzwanzig Minuten länger zusammenbleiben konnten. Eine Gnadenfrist, nicht mehr.

»Du siehst nicht glücklich aus. Bin ich dir schon zu viel?«, fragte Max.

»Im Gegenteil. Aber was sollen wir denn nur tun?«

»Wir sind jetzt ein Paar, oder?«, fragte Max.

Ich nickte stumm.

Es rumorte in mir. Er würde gehen, ich würde aufs Telefon starren, ich wollte nicht warten, ich wollte alles. Jetzt.

Und so sagte ich ihm, dass ich keine Wochenendliäson führen würde und dass ich nicht mehr für die Agentur arbeiten könnte als seine Geliebte und dass er mich dann ernähren müsste, weil ich erst in ein paar Monaten Geld für die Buchverkäufe meines ersten Romans bekommen würde. Ja, das sagte ich ihm alles, warf es ihm vor die Füße.

Max' Gesicht wurde ernst. Er stand auf und ging zum Fenster.

Mir wurde kalt, aber ich wagte nicht, mich zu bewegen und die Bettdecke höher zu ziehen. Hatte ich jetzt alles verdorben? Würde er gleich fluchtartig das Weite suchen?

Ich schämte mich wegen meiner Unverblümtheit.

Idiotisch, Marlene, schalt ich mich selber. Wie konntest du nur so direkt sein?

Max fuhr sich durch die Haare. Dann drehte er sich zu mir um. Und plötzlich lachte er, warf den Kopf nach hinten, lachte noch lauter, und ich konnte sehen, wie seine Bauchmuskeln auf- und abhüpften.

»Du bist eine kluge Frau«, sagte er. »Offenbar hast du viel mehr nachgedacht als ich. Ich mache dir einen Vorschlag: Wir sehen uns in den nächsten vier Wochen so oft wie möglich. Wenn wir uns dann nach wie vor sicher sind, dass wir zusammengehören, eröffnen wir das der Welt. Leben werden wir in New York.«

Vier Wochen. Nur vier Wochen? Keine zähen Wartezeiten? Ein Hineinstürzen in die Liebe? Ich nickte lächelnd.

»Kannst du auch mit mir reisen? Kannst du das mit deiner Arbeit vereinbaren?«, fragte Max noch.

»Romane schreiben kann ich überall.«

»Ideal. Die ideale Frau.«

Er stieg wieder zu mir ins Bett. Ich schlief in seinen Armen ein.

Ein wenig später küsste Max jeden Quadratzentimeter meines Gesichtes. Langsam, zärtlich, als würde er sich mit seinen Lippen merken wollen, wie ich aussah. Ich hielt die Augen geschlossen.

Dann stand er auf und ging.

Es dauerte eine Weile, bis ich mich überwinden konnte, aus dem Bett zu steigen, das noch warm war von seiner Haut. Im Badezimmer schaute ich in den Spiegel. Mein Gesicht kam mir fremd vor. Vorsichtig berührte ich mit den Fingerspitzen meine Wangenknochen, dort, wo sein Mund entlangspaziert war.

Plötzlich stieg ein Schluchzen in mir auf, ein Schluchzen, das den Bann für Tränen brach. Ich fühlte mich so klein. Wahre Liebe macht sehr ehrfürchtig und sehr dankbar.

Ich wusch mir das Gesicht mit kaltem Wasser, spülte die Reste der Nacht ebenso ab wie die letzten Glückstränen. Mir war nach einer Feier ganz für mich allein, und so trank ich an diesem Morgen ein Glas eiskalten Weißwein. Liebe und Euphorie machten mich mehr trunken als der Alkohol, während in meinem Körper ein Sehnen und Ziehen begann.

Dann suchte ich hektisch nach der Telefonnummer seines Hotels, hoffentlich war er noch da und noch nicht auf dem Weg zum Flughafen. Ich musste ihn unbedingt sprechen, denn ich hatte etwas sehr Wichtiges vergessen, ihm mit auf den Weg zu geben. Angespannt wartete ich darauf, mit Max verbunden zu werden.

»Hallo?« Seine Stimme klang klar und wach.

»Hier ist Marlene. Ich muss dir noch etwas sagen.«

»Ja?«

»Ich werde dich sehr glücklich machen.«

»Das hast du doch schon, Liebste.«

Liebste.

Liebste.

Liebster.

DER TANGO

Cognacbraun oder Rehbraun? Oder doch das neue Flaschengrün? Natürlich ginge auch Schwarz.

Josephine überlegt angestrengt. In dem Buch, das sie neulich gelesen hat, stand, man solle seinem Instinkt vertrauen, der ersten Reaktion, ohne lange nachzudenken. Dann hätte man schon eine Richtung, so was wie einen Fingerzeig. Seitdem versucht sie, mehr auf ihren Bauch zu hören.

»Nehmen Sie doch das dunkle Kastanienbraun, das passt auch prima zu Jeans«, sagt die Verkäuferin.

Alles passt zu Jeans. Seidenblusen, T-Shirts, Hüte, Mäntel, Strickjacken, Hippie-Westen, Braun, Schwarz, Pink, gepunktet, gestreift, gerüscht, gebügelt, ungebügelt, alles.

»Ich trage keine Jeans«, gibt Josephine zurück.

»Keine Jeans? Nie?« Die Verkäuferin guckt entgeistert.

»Nie!«, antwortet Josephine.

»Na ja, Kastanienbraun geht auch super mit anderen Hosen.«

Josephine lässt den Blick über die Ansammlung von Stiefeln gleiten. Sie sind nicht alle bequem, aber das ist momentan nicht wichtig. Wenn sie im Rausch ist, stören keine Druckstellen am Ballen, keine verkrümmten Zehen, auch keine verbogenen Füße in zu hohen Absätzen.

Sie legt eine Hand auf den Magen. Immer dasselbe. Nach einem Streit mit Reiner bekommt sie Hunger. Sie versucht es mit einem Happen von irgendwas, so wie auch vorhin. Ein paar Bissen müssen genügen, schließlich will sie schlank bleiben und nicht zunehmen wegen einer Kabbelei oder einer deftigeren Auseinandersetzung. Das Stückchen Salami hat sie nicht beruhigt, ebenso wenig wie ein winzig kleines Schinkenbrot. Deshalb gab es nur eines: Losgehen und nach Stiefeln suchen.

»Ich probiere die flaschengrünen«, sagt sie zu der wartenden Verkäuferin.

Der Absatz ist schwindelerregend hoch. Bestimmt zwölf Zentimeter, aber mit der kleinen Plateausohle würden sie sich anfühlen wie etwa zehn Zentimeter, das ist erträglich. Langsam lässt sie ihren rechten Fuß in das weiche Leder gleiten. Er findet seinen Weg, die Zehen zwängen sich in die Stiefelspitze, sie steht auf, um auch mit der Ferse im Fußbett zu landen. Eifrig geht die Verkäuferin in die Hocke, kniet sich hin und nestelt an dem Reißverschluss herum. Josephine schaut auf sie herab.

»Langsam«, sagt sie mit rauer Stimme, »langsam.«

Schließlich ist das einer der besten Momente: das langsame Schließen des Stiefelschaftes, der die Haut berührt, immer höher und höher, bis er schließlich ihren Unterschenkel umarmt.

Der Schaft steht ein wenig ab. Ihr Bein ist schmal, der Stiefel zu weit. Mit einem Fuß in dem flaschengrünen Modell, dem anderen ohne Stiefel, humpelt sie zum Spiegel.

»Nein, das geht nicht, das geht gar nicht«, murmelt Josephine und schiebt einen Finger in den Zwischenraum, der entsteht, weil das Leder sich nicht anschmiegt, wie es sollte.

»Das ist kein Problem«, erklärt die Verkäuferin. »Im Winter

trägt man doch dicke Strümpfe, außerdem ist es kein Muss mehr, dass der Schaft eng am Bein sitzt.« Sie macht eine kurze Pause. »Heutzutage.«

»Heutzutage?«, wiederholt Josephine.

Man denkt wohl, sie sei von gestern. Aber Provokation funktioniert nicht bei Josephine. Was Reiner nicht schafft, schafft eine kleine Schuhverkäuferin schon gar nicht, denkt Josephine. Wenn er versucht, sie zu provozieren, zählt sie bis drei und setzt ihr Pokerface auf. Nicht reagieren, sich nichts anmerken lassen. Dann gibt es keine Eskalation und auch keinen Stiefeldrang. Das funktioniert meistens, leider nicht immer.

Josephines hochgezogene Augenbrauen genügen, die Verkäuferin räumt die flaschengrünen Stiefel beiseite, nachdem Josephine den einen betont gleichgültig ausgezogen hat.

»Wenn Sie sich nicht entscheiden können, nehmen Sie doch einfach beide.« Die Verkäuferin zeigt mit sicherer Witterung für kaufwillige Kundinnen auf die rehbraunen und die schwarzen.

Rehbraun. In Stiefeln mit fast demselben Farbton, vielleicht einen Hauch heller, hat Josephine ihren Reiner vor neunzehn Jahren zum ersten Mal getroffen. Er starrte auf ihre Beine, das war ihr nicht entgangen. Schon damals trug sie am liebsten Stiefel, selbst im Frühling und im Sommer. Während andere Frauen in Sandalen durch die Gegend stöckelten, steckten Josephines nackte Beine in weichen Stiefeln, meist in enganliegenden, die sich vollendet an ihre schmalen Knöchel schmiegten und ihre zart geschwungenen Waden betonten. Als sie das erste Mal mit Reiner Liebe machte, geschah es so wild und hastig, dass sie nicht einmal die Zeit hatte, die Stiefel auszuziehen. Reiner fand das erregend.

»Scharf wie Chili«, sagte er.

Das war ein echtes Kompliment, denn Reiner verstand etwas von Würzmischungen, das gehörte schließlich zu seinem Metier.

Josephine wendet den Blick von den rehbraunen ab und greift zu den schwarzen. Geübt streift sie die Stiefel über die Beine, springt auf und geht zum Spiegel. Sie dreht sich in kleinen Schritten um die eigene Achse, begutachtet sie von allen Seiten und aus allen Winkeln. Der Absatz ist schmal und hoch, ganz leicht geschwungen, elegant. Vorne macht die Kuppe die Andeutung einer Rundung, das gefällt ihr besser als spitze Stiefel, ist unaggressiver, charmanter irgendwie. Sie bückt sich und streichelt das Leder, es ist weich wie bei einem teuren Handschuh und lässt sie sofort an Butter denken und an Seide. In ihr entsteht ein sattes Gefühl, als hätte sie ein Stück Schweinebraten gegessen, nicht zu viel, nicht zu wenig, gerade die Menge, die einen angenehm füllt, ohne dass man aufstoßen muss oder einen Druck empfindet, der quälend wäre. Nein, alles ist genau richtig. Sie schließt die Augen und atmet tief durch. Das ist der Moment, nach dem sie sich seit Stunden gesehnt hat.

»Die sind es!«, sagt sie mehr zu sich selbst als zu der wartenden Verkäuferin.

»Gute Wahl! Ausgezeichnet. Wollen Sie die Stiefel mit dem Karton oder ohne?«

»Mit Karton, unbedingt mit, bitte!« Josephines Stimme hat einen hysterischen Unterton. Sie starrt auf den großen Stiefelkarton. Ohne Karton sind die Stiefel nur die Hälfte wert. Der Karton hat doch eine Funktion, er ist das Zuhause für den neuen Schatz, darin schlafen die Stiefel nachts, darin ruhen sie sich aus von einem anstrengenden Tag oder von einem langen Abend.

Sie gibt der Verkäuferin ihre goldene Kreditkarte. Darauf ist Josephine stolz, sie hat ihr eigenes Konto, sie hat ihre eigene Kreditkarte, sie ist nicht nur die Gattin eines Unternehmers, sie ist selbst eine Unternehmerin, kein Anhängsel, sondern die Ehefrau, die von Anfang an im Betrieb ihres Ehemannes mit angefasst hat. Für nichts ist sie sich zu schade, sie fürchtet keine Arbeit, deshalb hat sie darauf bestanden, ganz offiziell ein Gehalt zu beziehen und ein Konto zu führen, auf das Reiner keinen Zugriff hat. Der Weg dahin ähnelte einer monatelangen Schlacht, fünf Paar Stiefel waren das Resultat – und schließlich ihre goldene Kreditkarte.

Josephine legt die große Tüte mit dem Stiefelkarton in den Kofferraum ihres Autos. Dann steigt sie ein, schaut kurz in den Mittelspiegel und sieht zufrieden, dass ihre blauen Augen wieder froher aussehen, besser als noch am Morgen, als sie erfolglos versucht hatte, Reiner zu umgarnen und ihm ein wenig Zärtlichkeit zu entlocken. Aber er war unwillig, starrte in den Computer und schüttelte den Kopf.

»Die neue Filiale läuft nicht richtig, das liegt an dem Geschäftsführer, sag ich dir, der Typ ist ein Idiot. Hört nicht richtig zu und reagiert nicht schnell genug auf Kundenwünsche.«

»Immer denkst du nur an die Arbeit, du musst doch auch mal leben!«, hatte Josephine gesagt.

Oder lieben, hatte sie gedacht.

Reiner im Geschäft, Reiner vorm Computer, Reiner angespannt, Reiner mit seinen Gedanken weit weg, Reiner am Telefon, laut, deklamierend, gestikulierend, endlos. Das war nicht immer so gewesen, früher hatte er ein jungenhaftes Lachen, war ihr, nur ihr zugewandt, wenn er mit zerstrubbeltem Haar im Bett lag, wenn sie flüsterten oder Liebe machten.

»Du lebst ja wohl aber ganz gut von meiner Arbeit, oder?« Seine Stimme hatte den herablassenden Klang, den sie hasste.

»Als ob ich den ganzen Tag herumsitze und nichts tue«, gab sie zurück.

Es folgte eines dieser Wortgefechte, in denen sie sich wehrte, während er sie demontierte. Wo wohl all diese Gemeinheit herkam? Angesammelt als Kind, ausgespuckt als Erwachsener? Sie konnte spüren, wo die Worte in ihrem Körper landeten, wie sie sich wie Steine in ihrem Magen anhäuften, schwer und Übelkeit auslösend.

Sie blinzelt sich im Mittelspiegel mit einem Auge zu, so, wie sie manchmal kleinen Kindern zublinzelt. Immerhin habe ich jetzt brandneue, wunderschöne Stiefel, denkt sie und überprüft ihre Frisur. Ihr blondes Haar ist hochgesteckt, es hat sich keine Strähne gelöst, alles akkurat und in Ordnung. Dann schaut sie auf die Uhr, schon später Vormittag, dreht den Zündschlüssel im Schloss des schwarzen BMWs herum und fährt zügig los. Es ist Zeit für ihren Kontrollgang in der Hauptfiliale, dem Vorzeigestück ihres Unternehmens. Geschickt parkt sie gegenüber dem Geschäft und steigt aus. Als Erstes betrachtet sie die Fassade. Die Fensterscheiben sind geputzt, darauf legt sie größten Wert. Auch das Firmenschild glänzt anständig, ganz so, wie es sein soll.

»Metzgerei Riedel« prangt in geschwungenen altmodischen Buchstaben über dem großen Fenster. Rosa Schrift auf schwarzem Grund. Das war ihre Idee gewesen. Rosa signalisiert frisches Fleisch und frische Wurst, findet Josephine, und Schwarz als Hintergrund ist nicht nur richtig wegen der Lesbarkeit, sondern wichtig als Gegengewicht. Es nimmt dem Rosa das Liebliche und spricht die Männer an, denn Männer mögen Fleisch, sie brauchen Fleisch, damit sie stark und kräftig werden.

Auch dass die Schrifttype ein wenig nach vergangenem Jahrhundert aussieht, ist Josephine wichtig.

»Man muss die Tradition betonen, Reiner«, hatte sie ihm erklärt. »Du bist ja schließlich Metzger in der fünften Generation, wer kann das schon von sich sagen!«

Reiner hat sein Handwerk von seinem Vater gelernt und der von seinem Vater und so weiter. Und Reiner hatte Ehrgeiz, er wollte sein eigenes Ding machen, sagte er. Deshalb hatte er sämtliche Familienrezepte überarbeitet, verfeinert und einige neue entwickelt.

»Eine Wurst ist nicht nur eine Wurst«, pflegt Reiner zu referieren. »Pastete ist nicht gleich Pastete«, »Die Mischung macht's« und »Gut gewürzt ist halb gewonnen!«.

Das Würzen ist seine Leidenschaft, stundenlang kann er ausprobieren und abschmecken, hat neue Ideen, verwirft verwegene Kombinationen, versucht, sich zu mäßigen und nicht zu viel durcheinanderzumischen, auch wenn es Spaß macht, in Kesseln und Eimern zu rühren und stundenlang Neues zu produzieren. Er kommt dabei ganz schön ins Schwitzen, aber es sieht ihn ja kaum jemand, nur die Gesellen und manchmal Josephine, die sich an den Anblick seiner blutverschmierten Schürze, der Fleischstücke, Schweineköpfe, Rinderlenden, Kalbsknochen oder Kaninchenleiber rund um ihn herum gewöhnt hat. So ist das nun mal, wenn man einen Metzger liebt.

Inzwischen aber ist er kein normaler Metzger mehr, er ist Unternehmer und zwar ein geschäftstüchtiger mit sieben Filialen. Als einige seiner Kollegen wegen der wachsenden Zahl der Supermärkte aufgaben, hat er die Supermärkte nicht zum Feind erklärt, sondern zum Verbündeten. Deshalb verkauft er inzwischen seine Würste an eine bedeutende Supermarktkette unter seinem Namen: »Hausgemachtes von Metzgerei Riedel« heißt es da. Ein echter Verkaufsschlager.

Als Josephine die Tür zur Metzgerei öffnet, ertönt ein Glöckchengeräusch. Das hat sie ebenso sorgfältig ausgewählt, es erinnert an alte Zeiten. Auch die vielen gerahmten Bilder an den Wänden mit Schwarz-Weiß-Fotos von Reiners Großeltern in der Metzgerei, den Eltern vor der Metzgerei oder an gedeckten Tischen, die sich vor Wurstwaren und Braten biegen – alles für eine besondere Atmosphäre. Eine gewisse optische Üppigkeit, das mag Josephine. Natürlich muss alles klinisch sauber sein, aber ohne lustvolle Note ähnelt eine Metzgerei einem Operationssaal, findet sie. Deshalb sind alle Filialen identisch dekoriert und strukturiert: die gerahmten Bilder an den Wänden, von der Decke über dem Tresen baumelnde Würste und Schinken, sodass die Kunden sie nicht berühren, aber anschauen können. Der Duft und der Anblick sollen verlocken, doch Anfassen ist verboten.

»Wie bei einer parfümierten Frau vor einer Horde Männer«, hat Josephine Reiner erklärt, als er ihre Musterdekoration mit hängenden Salamis und Räucherwaren begutachtete.

Auch für die Vitrinen hatte sie sich einiges überlegt. Die Ware lag sauber auf Aluminiumplatten, reinlich und hochmodern, während alle Schilder handgeschrieben waren, liebevoll, verschnörkelt. Auf ihnen prangte außerdem der Aufdruck »aus eigener Herstellung«.

»Guten Morgen, alle zusammen«, begrüßt Josephine den Metzgermeister und die drei anderen Angestellten hinter dem Tresen.

»Guten Morgen, Frau Riedel«, wird ihr geantwortet.

Der Metzgermeister hat eine dröhnende Stimme, während der Metzgergeselle eher leise ist und den Kopf ein wenig einzieht. Die beiden Verkaufsdamen bedienen gerade Kunden und nicken ihr freundlich zu.

Josephine läuft einmal vor den Vitrinen auf und ab, ganz schlanker, aufrechter, weiblicher General, setzt einen bestiefelten Fuß vor den anderen, prüft jeden Quadratzentimeter.

Links oben das rote Rindertartar, daneben Schweinegehacktes, genau richtig in der Farbe, darunter die frischen Blutwürste als schöner Kontrast, wie gemalt sieht das aus, denkt Josephine. Ganz vorn die verschiedenen Pasteten, vom Kaninchen, von der Gans und der Ente, und die berühmte Riedel-Sülze mit vielen kleinen gewürfelten Fleischstückchen, deren Anblick Josephine gern mit italienischen Terrazzo-Böden vergleicht.

Auf einmal wird ihr Gesicht streng. »Was ist denn das, bitte schön?«, fragt sie die Verkäuferin Heide, als die ihre Kundin verabschiedet hat.

Heide guckt in die Auslage.

»O Gott«, sagt sie und schlägt die Hände vor den Mund.

»Den brauchen wir wohl nicht, um diese Schlamperei zu beheben«, gibt Josephine zurück.

Wie oft sollte sie es noch predigen? Wie oft würde sie die Belegschaft wieder beim Kardinalfehler Nummer eins erwischen? Warum konnten sich diese Leute nichts merken, und warum verstanden sie nicht, wie wichtig und überlegt ihre Anweisungen waren? Eine Katastrophe, eine echte Katastrophe!

»Entschuldigung, ach herrje, da hab ich gar nicht dran gedacht«, murmelt Verkäuferin Heide, bückt sich nach vorn in die Vitrine und streckt ihre Hände aus.

Vorsichtig hantiert sie mit den Aufschnittplatten, um ihren Fehler vor den Augen der Chefin sofort zu beseitigen. Josephine geht derweil ungeduldig vor der Vitrine hin und her. Am liebsten würde sie selbst hinter den Tresen gehen und Heide die Platten aus den Händen reißen, aus den groben Händen in den durchsichtigen Plastikhandschuhen, durch die rote, trockene Haut schimmert.

»So, jetzt ist es richtig!«, sagt Heide.

Josephine bleibt stehen. Sie holt tief Luft. »Der Clown muss immer genau in der Mitte sein!«, doziert sie mit lauter Stimme.

Sie betrachtet die Clownswurst, eine ihrer Kreationen. Der Clown hat einen breit lachenden Mund, eine runde kleine Nase, ein großes Kullerauge und ein zwinkerndes Auge. Ein lustiges Clownsgesicht mit zwinkerndem Auge, das Ganze als Wurst, darauf musste man erst mal kommen.

»Und warum muss der Clown immer genau in die Mitte der Auslage?«, fragt sie in die Runde.

»Damit man ihn sofort sieht. Den Clown mögen die Kinder, und was die Kinder mögen, das kaufen die Mütter«, leiert Heide ergeben herunter.

»Genau. Außerdem: Wir wollen gute Laune!«

»Ja, natürlich, gute Laune!«

»Und die Scheiben immer eher dick schneiden, ja?«

Nachdem Josephine die Kasse kontrolliert hat, inspiziert sie die große, weiß gekachelte Metzgereiküche im hinteren Teil des Geschäfts, gibt ein paar Anweisungen und überzeugt sich davon, dass noch genug Plastiktüten und Papiertüten da sind. Auch das ist ein Trick von ihr, eine weitere Innovation. Würste, Schinken und Fleischpakete kommen erst in eine Plastiktüte. Das ist gut fürs Frischhalten, und außerdem kann kein Fleischsaft auslaufen. Die Plastiktüte aber trägt sich schlecht, und sie sieht gewöhnlich aus, findet Josephine, nicht edel genug für die kostbaren Produkte aus eigener Herstellung. Deshalb wird die Plastiktüte in eine stilvolle Papiertüte versenkt, natürlich schwarz und nur mit einem kleinen, dezenten rosa Firmenlogo bedruckt. Vielleicht etwas viel Verpackungsaufwand für streng Umweltbewusste, aber schließlich sind Papiertüten wieder verwendbar, hat sie Reiner erklärt. Und Josephine findet es schick, wenn ihre Kundinnen und Kunden mit einer fast schon modischen Tüte ihr Geschäft verlassen, das hebt das Image.

Fürs Abendessen sucht sie ein paar saftige Steaks aus, als Alternative noch ein Pfund Rindertatar, falls Reiner lieber kalt essen will, und lässt sich noch etwas von der leckeren Gänseleberpastete einpacken. Dann verabschiedet sie sich von der Belegschaft und beschließt, nach Hause zu fahren.

Kaum öffnet sie die Haustür, kommt ihr mauzend Coco entgegen. Coco, ihre wunderschöne Siamkatze mit dem hellgrauen, weichen Fell und den honigfarbenen Augen.

»Na, Coco, meine Süße, meine Schöne, hast du schon auf mich gewartet?«, fragt Josephine.

Sie stellt die Tüte mit dem Schuhkarton ab, daneben die schwarze Metzgerei-Papiertüte mit der Plastiktüte darin, und hockt sich hinunter. Sanft streichelt sie Cocos Köpfchen. Coco schnurrt und reibt ihre Wange an Josephines Knie.

»Mama gibt dir gleich etwas zu essen, ja, mein Liebling, du bist doch mein kleiner Schatz, ja? Mein kleiner Schatz bist du!«

Liebevoll nimmt sie Coco hoch, drückt sie an ihre Brust und küsst sie. Wenn sie mit Coco schmust, bleibt die Zeit stehen.

Als sie Coco endlich wieder auf den Boden setzt, läuft die Katze fast lautlos über den dunklen Parkettboden in Richtung Küche. Weil man Versprechen aller Art unbedingt einhalten muss, folgt Josephine ihr. Mit einem Perlmuttlöffel gibt sie die Hälfte einer luxuriösen Katzenfutterpackung Sorte »Lachs-Raffinesse« in Cocos Essschälchen. Dann holt sie eine Plastikbox mit gekochten Möhren aus dem Kühlschrank, greift zu Messer und Brettchen und schneidet am dicken Ende der Möhre eine Scheibe ab. Daraus formt sie geschickt ein Herz, das sie genau in die Mitte auf das Katzenfutter legt. In das Trinkschälchen gießt sie gekochten Rindfleischsud, natürlich ungesalzen, Cocos Lieblingscocktail. Morgen früh wird sie gleich wieder spezielles Feinschmecker-Katzenessen zubereiten, aber heute gibt es wegen der Abwechslung eben ein Fischdiner für ihr Schätzchen. Danach wird Coco wahrscheinlich einen kleinen Verdauungsspaziergang unternehmen, durch die Katzenklappe in der Küche nach draußen in den Garten gehen, zurückkommen und zufrieden ein Schläfchen machen.

Schnell holt Josephine die Metzgereitüte aus dem Foyer des Hauses, nimmt die Plastiktüte aus der Papiertüte, verstaut sie in dem großen amerikanischen Kühlschrank, faltet die Papiertüte sorgfältig zusammen und legt sie zu den anderen.

Nun ist es Zeit für ihren großen Moment! Beschwingt läuft Josephine ins Wohnzimmer und geht zu ihrem antiken Sekretär, der neben dem großen Fenster zur Terrasse steht. Als sie die Schublade des Sekretärs öffnet, knarrt diese ein wenig. Josephine nimmt ihre Polaroidkamera heraus, außerdem eine Rolle Tesafilm und lächelt zufrieden. Zurück im Foyer greift sie zu der Tüte mit den neuen Stiefeln und steigt die geschwungene Treppe in den ersten Stock hinauf. Ihr Weg führt sie am Schlafzimmer vorbei direkt in ihr Ankleidezimmer. Dabei machen ihre Stiefelabsätze auf dem hellen Sandsteinboden kleine klackende Geräusche.

Das Klacken verstummt, Josephine setzt die Tüte ab, holt den Stiefelkarton heraus und stellt ihn auf den Boden des Ankleidezimmers. Eigentlich sollte das ein Kinderzimmer werden. Josephine hat sich genau untersuchen lassen, sogar Reiner, der

Ärzte hasst, und es bleibt ein Rätsel, warum es nie geklappt hat mit dem Nachwuchs, dem Erben für die Metzgerei. Einen künstlichen Befruchtungsversuch hat Josephine unternommen, und als der fehlschlug, hat sie eine Nacht lang geweint und sich geweigert, damit weiterzumachen. Reiner hoffte irgendwie immer noch auf ein Wunder. Allerdings werden Babys nicht vor dem Computer, sondern im Bett gezeugt, dachte Josephine häufig. So hat sie vor drei Jahren, als sie vierzig wurde, dieses Zimmer in ihr Ankleidezimmer verwandelt.

Es schimmert golden, die Tapete hat ein goldenes Blumenmuster, der große Ankleidespiegel steckt in einem verschnörkelten goldenen Barockrahmen, die Kommode mit ihrer Wäsche ist mit Blattgold verziert, und ein kleiner runder Tisch hat eine goldene Platte. Alle anderen Möbelstücke, die offenen Schränke mit ihren Kleidern und Röcken und die Regale für Taschen, Schuhe und Stiefel sind cremefarben.

Genüsslich berührt Josephine nun das hellblaue Lackpapier des Stiefelkartons, hebt schließlich den Deckel ab und schlägt knisterndes Seidenpapier beiseite. Da sind sie, die neuen.

Coco hat sich lautlos angeschlichen und schmust sich an Josephine heran. Die streichelt erst Coco, dann die schwarzen Stiefel, dann wieder Coco.

»Na, Coco, ich dachte, du wärst ein wenig im Garten, nein? Lieber Mamas neue Stiefel gucken, na, wie gefallen sie dir?«, fragt Josephine.

Coco schnurrt.

»Schick, was? Und das Leder ist so richtig rabenschwarz. Vielleicht nehme ich beim nächsten Mal ein paar graue Stiefel, welche, die zu deinem Fell passen, Cocolein?«

Die Katze versucht, in den Stiefelkarton zu steigen.

»Nein, nein, Coco! Darin hast du nichts zu suchen!«

Mit einem Griff holt Josephine ihre Katze aus dem Karton und setzt sie daneben wieder ab. Immer wieder versucht Coco, in den Karton zu schlüpfen, ein Spielchen, mit dem sie Josephine nicht zum ersten Mal nervt.

»Der Karton ist nichts für dich. Stiefelkartons sind nicht zum Spielen da und schon gar nicht zum Hineinlegen. Nein, nein, nichts für Coco!«

Nun stellt Josephine die schwarzen Stiefel auf einen kleinen runden Tisch, der genau in der Mitte ihres geräumigen Ankleidezimmers steht. Sie arrangiert die Stiefel so, dass der eine mit der Spitze zu ihr zeigt, während sich der andere in Seitenansicht präsentiert, sodass man den hohen schmalen Absatz genau sehen kann. Als sie ein paar Schritte zurücktritt, betrachtet sie ihr Werk, korrigiert die Position der beiden Stiefel noch einmal ein ganz kleines bisschen und greift zur Polaroidkamera. Josephine liebt das Geräusch, wenn das Foto, noch blind und kaum entwickelt, aus dem Apparat schießt.

»Nun kommt schon, kommt schon«, sagt sie, während sie mit dem Foto hin und her wedelt.

Erst tauchen die Umrisse der Stiefel auf, dann füllen sie sich mit dunkler Farbe, alles wird schärfer und echter, bis das Resultat ein anständiges Abbild des Stiefelpaares ist.

»Perfekt.«

Josephine ist zufrieden. Sehr zufrieden. Mit Tesafilm befestigt sie das Foto eifrig auf der kurzen Seite des Kartons, es soll ganz gerade und in der Mitte kleben, sie ist da sehr sorgfältig, und als auch das geschafft ist, versenkt sie die Stiefel wieder darin. Der Deckel wird geschlossen, Josephine muss nun nur noch entscheiden, wo der Karton seinen Platz finden soll.

Nachdenklich steht sie vor ihrem hohen Stiefelregal. Es reicht vom Boden bis zur Decke. Um die oberen Ebenen zu erreichen, braucht Josephine eine Leiter, die am Regal angebracht ist und die sie hin und her schieben kann.

Normalerweise kommen die neuen Stiefelkartons immer in Griffhöhe, nicht nach oben und nicht zu weit nach unten. So entscheidet sie auch heute. Der rosa Stiefelkarton mit den jüngst erworbenen hohen Pythonschlangenstiefeln, mehr eine echte Investition als eine Anschaffung, der Heftigkeit von Reiners Beleidigungen angemessen, wandert eine Etage höher auf den bräunlichen Stiefelkarton, auf dem ein Polaroidfoto mit beigen Stretch-Stiefeln klebt. In die entstandene Lücke schiebt Josephine den hellblauen Karton, sodass die neuen schwarzen Stiefel nun zwischen braunen Keilsohlenstiefeln und ihren schwarzen Biker-Boots mit Metallspange wohnen. Kritisch betrachtet Josephine die Gesamtwirkung und entscheidet, die Biker-Boots auszutauschen, weil sie es nicht mag, wenn zwei gleichfarbige Stiefel nebeneinanderstehen. Deshalb rutscht nun neben die neuen schwarzen Stiefel ein grauer Karton mit dunkelblauen Over-Knee-Lacklederstiefeln.

Die ungeschriebenen Gesetze für die richtige Ordnung sind eingehalten. Alle Polaroidfotos gucken Josephine an, alle zeigen ihre verborgenen Schätze in Schatztruhen aus Pappe.

Ein Geräusch reißt sie aus ihren Gedanken. Das Garagentor des Nachbarn. Vorsichtig geht sie zum Fenster und schaut, verborgen durch die Gardine, auf das angrenzende Grundstück.

Da ist er, der Nachbar vom Nebenhaus.

Manchmal sieht sie ihn schon morgens, wenn sie zur Arbeit fährt. Da joggt er meistens, ist wohl deshalb nicht so dick wie Reiner, hat keine leicht nach vorn gebeugte Haltung wie Reiner, ist nicht so schwerfällig wie Reiner.

Er verkörpert den Typ Mann, der auch im verschwitzten

T-Shirt nach dem Joggen noch toll aussieht, einer, der Werbung machen könnte für Shampoo oder für enge Männerslips. Dabei arbeitet er in einer Versicherungsgesellschaft, in einer leitenden Position, sagt Reiner, der es wissen muss, weil er sich ab und zu draußen mit ihm unterhält, wenn sie zufällig aufeinandertreffen. Heute scheint der Nachbar sein Jogging auf den Abend verlegt zu haben, da fährt er manchmal in den Wald und zieht dort seine Runden.

Nick, so heißt er, ist vielleicht zwei, drei Jahre jünger als sie, geschieden, ein Sohn, der bei der Mutter lebt und ab und zu am Wochenende bei ihm ist.

Ab und zu bringt er eine Frau mit nach Hause, hübsche Frauen, doch keine ist bisher dauerhaft aufgetaucht, das weiß Josephine genau. Sie stellt sich vor, was er mit der Frau so macht und was die Frau mit ihm macht. Sicher fährt sie mit beiden Händen durch sein dichtes dunkles Haar. Jedenfalls würde Josephine das tun. Während sie in seinen Armen läge, während sie in seine großen braunen Augen schaute, während sie spürte, wie sich ihr Busen an seine breite Brust drückte, da würde sie mit beiden Händen in seinen Schopf greifen.

Jetzt hält sich Nick an einem Baumstamm fest, nimmt den rechten Fuß in die Hand und stretcht seinen Oberschenkel.

Coco umgarnt Josephine, bis die sich bückt und die Katze auf den Arm nimmt. Dabei verbirgt sie sich noch ein wenig mehr hinter der Gardine. Nick wechselt die Position und stretcht das andere Bein. Josephine küsst Coco, küsst sie immer wieder, zart und dann fester, kann gar nicht aufhören, ihre Lippen ins Fell zu drücken, bis sich Coco bewegt, zappelt und wieder auf den Boden will.

Plötzlich sieht Josephine, wie sich Reiners Auto nähert, er fährt in die Garage, steigt aus und beginnt, sich mit Nick zu unterhalten. Beide lachen, ja klar, so sind die Männer, was auch passiert, sie geben sich jovial und bestens gelaunt, egal, ob es einen Streit mit der Ehefrau gab oder einen schlechten Tag im Geschäft. Sie wendet sich ab. Es macht ihr keine Freude, beide nebeneinander zu sehen, da drängen sich Vergleiche auf, und wem nützt das schon?

»Josephine«, hört sie Reiner rufen. »Josephine, wo steckst du?«

Sie geht langsam die Treppe hinab.

»Schon zu Hause?«, fragt sie.

Reiner macht Anstalten, ihr einen Kuss zu geben, der auf ihrer Wange landet, als sie das Gesicht ein wenig wegdreht.

»Du bist doch wohl nicht noch sauer wegen heute Morgen?«, fragt er.

»Ich war nie sauer, nur verletzt«, antwortet Josephine.

»Du bist eben empfindlich.«

»Empfindsam. Das ist ein Unterschied.«

»Tut mir leid«, sagt er auf einmal. Dabei schaut er auf den Boden wie ein kleiner Junge, der ein Glas Milch umgekippt hat.

Erst draufhauen und dann entschuldigen, denkt Josephine. Wie üblich. Sie atmet tief durch.

»Komm, wir machen uns einen schönen Abend. Ich habe übrigens Nick eingeladen, der ist gerade vom Joggen zurück. Er kommt in einer halben Stunde rüber.«

»Nick?«, fragt Josephine gedehnt.

»Ja, er ist mal wieder alleine, und ich dachte, ein paar Bierchen zusammen zu trinken wäre nett, wollten wir doch schon immer mal machen. Kann ja auch nicht schaden, einen Versicherungsexperten näher zu kennen, oder?«

»Wenn du meinst«, antwortet Josephine.

»Mach ein paar Schnittchen oder Häppchen oder so was. Darin bist du doch Weltmeister.«

Reiner schenkt ihr noch ein breites Lächeln und geht in sein Arbeitszimmer.

»Schnittchen, Häppchen«, an diesen zwei Wörtern hält sich Josephine fest.

Mechanisch läuft sie in die Küche. Sie öffnet den großen Kühlschrank und holt alles heraus, was sie wohl gebrauchen kann. Dann konzentriert sie sich und fängt an zu schneiden, zu schnippeln, zu schmieren, aufzuspießen, zu dekorieren, bis sie zufrieden auf vier ovale Platten schaut: Schinkenwürfel mit getrockneten Tomaten, Salamischeibchen, hauchdünn geschnitten und auf Baguettebrot drapiert, Gänseleberpastete, gestrichen auf Rosinenbrot, eine Kombination, die Josephine besonders gern mag, und schließlich als Krönung Rindertatar auf runden Pumpernickelscheiben, obendrauf ein Klecks Kaviar. Kaviar ist immer im Haus, falls Gäste kommen. Darauf legt Reiner großen Wert.

Schnell trägt sie die Platten ins Wohnzimmer und stellt sie auf den Couchtisch. Sie läuft noch einmal zurück, reißt die Salzbrezeln und ein Glas mit kleinen Gürkchen aus dem Küchenschrank, füllt beides in zwei Schälchen und trägt auch die ins Wohnzimmer.

Dann rennt sie die Treppen hinauf. Sie muss sich umziehen. Stiefel, Rock und Pullover landen auf dem Fußboden des Ankleidezimmers, das kleine Schwarze muss her, nicht das tiefausgeschnittene aus Seide, aber das enganliegende Wickelkleid aus Jersey. Sie zieht es in der Taille ganz fest.

»Welche Stiefel, welche Stiefel?«

Unruhig wandern ihre Augen zwischen den Stiefelkartons auf und nieder und von rechts nach links. Ihr Blick bleibt an einem silbrigglänzenden Karton hängen. Niemand auf der ganzen Welt weiß es, aber es ist ihr absoluter Lieblingskarton mit ihren absoluten Lieblingsstiefeln. Sie hat sie erst einmal getragen, vor ein paar Jahren in Buenos Aires. Dort hat sie die roten Stiefel in einem kleinen Geschäft entdeckt. Reiner saß im Hotelzimmer am Computer, irgendwas lief schief mit der Mettwurstproduktion. Da war sie wortlos gegangen, durch die Straßen von Buenos Aires spaziert, auf der Suche nach allem und nach nichts.

Die roten Stiefel waren aus sehr weichem Leder, der Farbton so intensiv wie Kirschen oder Blut, mit halbhohem Absatz und drei kleinen lederbezogenen Knöpfchen am Schaft. Sie passten auf Anhieb wie angegossen. Josephine hatte sie gleich anbehalten und sich den neuen silbernen Schuhkarton mit ihren alten Stiefeln darin ins Hotel schicken lassen.

Jeder Schritt in den roten Stiefeln war ein Schritt in eine andere Welt, vielleicht sogar in eine andere Zeit. Sie landete in einem Tangocafé, der Putz löste sich von der Decke, alles war alt, verfallen, die Stühle wacklig, die Tapete verblasst, aber das war egal. Dort bestellte Josephine ein Glas Wein am helllichten Tag, natürlich Rotwein, dunkel und vielversprechend. Er stieg ihr in den Kopf, hüllte sie ein in Samt und Vergessen. Sie beobachtete die tanzenden Paare, ihren Ernst, ihre Konzentration, die Musik erreichte auch ihre Sinne, machte sie ganz sehnsüchtig und verzagt zugleich. Da kam ein schöner Mann, nicht sehr groß, aber muskulös und schmalhüftig, er forderte sie mit einem Kopfnicken zum Tanzen auf, sie versuchte zu erklären, dass sie gar nicht richtig Tango tanzen konnte, jedenfalls nicht mehr, die Tanzschule war schon so lange her, und sie konnte sich kaum erinnern, argentinischer Tango, das war nicht leicht, das wusste sie noch. Aber der schöne Mann verstand sie nicht oder ignorierte ihr Stottern, jedenfalls schaute er sie so intensiv an, dass sie aufstand, fast wie in Trance, er zog sie weg von ihrem Tisch auf die Tanzfläche, weg von dem Wein, hinein in seine Arme. Er umschlang sie, hielt sie ganz fest und schob sie über die Tanzfläche mit dem dunklen Holzboden. Nur die Tangoklänge, der schöne Mann, sein Körper und ihre roten Stiefel, kein Denken, nur Fühlen und Hingabe. Sein Oberschenkel berührte den ihren bei dem zähen Dahingleiten, er führte, er bog sie nach hinten, zog sie an sich heran in einem Rhythmus, der willkürlich war und wunderbar. Das ist der Tango, den ich nie vergessen, den ich auf ewig im Geiste nachtanzen werde, dachte Josephine. Dann stoppte die Musik, die anderen Paare lösten sich voneinander, auch ihr Tänzer ließ sie los und führte sie zurück zu ihrem Tisch. Sie folgte ihm ganz benommen und setzte sich hin, aber er forderte sie wieder auf, sobald die Musik erneut begann, und so vertanzte sie den ganzen Nachmittag. Zum Abschied hatte er sie geküsst. Nicht lange, aber immerhin auf ihre Lippen, die davon gern mehr gehabt hätten, doch das ging ja nicht, der Traum wehte davon, genau wie die Musik.

Josephine zieht den schimmernden silbernen Karton aus dem Regal und schlüpft in die roten Stiefel.

Nick und Reiner sitzen schon auf dem Sofa, als sich Josephine in ihren roten Stiefeln dazugesellt. Natürlich hat sie die Klingel gehört, aber sie war zu nervös, um selbst zur Tür zu laufen. Außerdem zog sie gerade ihren roten Lippenstift nach, der jetzt auf ihrem Mund zu glühen scheint.

Nick springt vom Sofa auf.

»Ah, die Hausherrin. Hallo, Josephine.«

»Hallo.« Mehr fällt ihr nicht ein.

Sie streicht ihr Kleid glatt, obwohl es keine Falten schlägt, und streicht sich über ihr blondes hochgestecktes Haar. Beide Männer gucken sie an.

Wie im Theater, denkt Josephine. Die beiden sind das Publikum, und ich soll jetzt etwas machen. Aber was?

Da rettet sie Coco. Sie drückt sich an Josephines Beine, fast beiläufig, aber als wollte sie sagen, wir Mädels halten zusammen.

»Ja, Coco«, murmelt Josephine und beugt sich herab, um Coco zu streicheln. Coco schaut sie an, setzt sich sphinxgleich hin und nimmt die Liebkosungen majestätisch entgegen.

»Was für eine schöne Katze!«, sagt Nick. Er klingt begeistert, was auf Josephine wiederum beruhigend wirkt.

»Sie heißt Coco«, gibt sie zurück.

»Eine Siamkatze, nicht? Wunderschön ist sie.«

»Ja, das ist sie. Ich liebe Coco sehr, ich liebe Tiere über alles!«

Reiner rollt mit den Augen. »Ganz vernarrt ist sie in dieses Vieh. Komm, Nick, iss mal was, greif ruhig zu!«

Er schiebt die Tatar-Kaviar-Happen näher an Nick heran, nimmt sich selbst gleich zwei auf einmal und beginnt, genüsslich zu kauen.

»Nein, vielen Dank«, sagt Nick.

»Na, komm schon, zier dich nicht, fühl dich ganz wie zu Hause.«

Nun bietet Reiner die Schinkenwürfel mit der getrockneten Tomate an.

»Ich hoffe, du verstehst das jetzt nicht falsch, Reiner«, sagt Nick mit sanfter Stimme. »Aber ich esse keine Tiere.«

Josephine, die immer noch mit Coco schmust, schaut Nick verblüfft an. Das hatte sie noch nie gehört, was sollte das überhaupt heißen, ich esse keine Tiere?

»Auch keine Pastete?«, fragt sie.

»Die ist lecker«, wirft Reiner ein, »hausgemacht nach Familienrezept.«

»Auch keine Pastete«, antwortet Nick und lacht.

Josephine merkt, dass Hitze in ihr aufsteigt, dass sie errötet wie ein Schulmädchen. Macht er sich über mich lustig?, fragt sie sich.

»Warum denn nicht?«, fragt Reiner, trinkt noch einen Schluck Bier und beißt in das süßliche Brot mit der Gänseleberpastete. »Tiere sind doch zum Essen da!«

»Ich halte es da lieber wie die Inder«, gibt Nick zurück.

»Die Inder?«, fragt Josephine.

»In Indien gibt es mehr Vegetarier als im gesamten Rest der Welt zusammen«, erklärt Nick.

»Die armen Inder.« Reiner lacht. »Haben nichts zu beißen.«

»An der Armut allein liegt es nicht, eher am Glauben, die meisten Inder sind Hindus, und die vermeiden Gewalt gegenüber Tieren. Außerdem glauben die Inder an Karma. Tiere essen bringt schlechtes Karma, also, wenn man Tieren Schmerzen oder den Tod zufügt, dann kommt das eines Tages alles zu einem zurück.«

»Karma, Karma!« Reiner lacht nun richtig laut. »Das ist was für dich, Josephine, die liest immer Erleuchtungsbücher, also, wenn sie überhaupt was liest außer Modezeitschriften.«

Eins, zwei, drei, Pokerface, denkt Josephine. Sie sitzt den beiden Männern gegenüber mit Coco auf dem Schoß und nimmt eine etwas andere Haltung an, weg von Reiner, hin zu Nick.

»Erleuchtungsbücher?«, fragt Nick.

»Selbstfindung und so«, sagt Reiner breit grinsend. »Und Seelenkram, neulich ging es um Intuition.« Er macht ein spitzes Mündchen, als er das Wort Intuition ausspricht. »Wird immer weiser, meine Frau.«

Josephine schweigt. Sie wirft Nick einen unsicheren Blick zu. Der guckt sie ganz ruhig an. Er hat wunderschöne braune Augen mit dunklen grünen Sprenkeln, die Josephine zum ersten Mal auffallen, dazu lange, schwarze Wimpern. Während Reiner zum Kühlschrank geht, schaut sie auf den Boden, dann doch wieder zu Nick. Er erwidert ihren Blick. Es tut gut, angeschaut zu werden, denkt Josephine. Sie guckt nicht weg.

Als Reiner mit zwei Bierflaschen zurückkehrt, endet der Augenblick, doch irgendetwas bleibt, das merkt sie genau. Sie schiebt die Salzbrezeln und die Gürkchen etwas näher an Nick heran und die Fleischplatten in Richtung Reiner.

Morgens hält Josephine nun regelmäßig Ausschau nach Nick. Wie man sich geschickt hinter der Gardine versteckt, hat sie schon oft genug geübt, nun steht sie dort täglich, heimlich, unruhig, in der Hoffnung, ihn zu entdecken. Auf dem Weg zum Auto wirft sie einen Blick nach nebenan, guckt beim Nachhausekommen, ob Licht im Nachbarhaus brennt oder ob Nick vielleicht im Garten arbeitet. Wenn sie ihn sieht, ist sie froh. Wenn er sie anschaut, beschleicht sie eine unbestimmte Sehnsucht. Sehen und Sucht, das scheint zusammenzugehören.

Gestern haben sie miteinander gesprochen, auf der Straße unter freiem Himmel, es war ein grauer Abend mit düsteren Wolken. Aber das machte nichts, denn zum Abschied nahm Nick ihre Hand und drückte sie sacht und ließ sie nicht los. Jedenfalls nicht so schnell, wie man normalerweise eine Hand loslässt, so schien es Josephine. Zu Hause schnupperte sie an ihrer Hand auf der Suche nach Spuren von ihm und roch einen Hauch von Männerparfüm. Es duftete gepflegt und rauchig.

Josephine gibt sich ihren Träumen hin. Meist sitzt sie mit Coco auf dem Schoß auf dem Sessel im Wohnzimmer, auf dem Nick gesessen hatte. Sie streichelt Coco, genießt Cocos Wärme, genießt, ihre eigene Zärtlichkeit loszuwerden, und träumt sich in braune Augen mit grünen Sprenkeln, in kräftige Arme, in rauchige Düfte und manchmal auch in Schweiß und Atemlosigkeit.

Mach dich nicht lächerlich, ermahnt sie sich selbst, als sie mal wieder draußen ein Auto hört. Reiner kann es nicht sein, der ist auf einer Fleischmesse. Also muss es Nick sein.

Josephines Herz klopft schneller.

Sie lauscht auf weitere Geräusche von draußen und legt die Hände aneinander, fast wie im Gebet. Wenn sie jetzt etwas Unbedachtes täte, könnte etwas außer Kontrolle geraten.

Sie steht in der Küche und grübelt und traut sich nicht nach draußen, weder raus aus der Küche noch raus aus dem Haus. Mechanisch dreht sie den Wasserhahn an, lässt kaltes Wasser über die Handgelenke laufen, benetzt mit Wasser ihre Schläfen und legt ihre kalte, feuchte Hand in den Nacken, um zu sich zu kommen. Zu der ehrlichen, anständigen Josephine, die gradlinig und loyal ist und treu.

Es klingelt.

Es klingelt an der Haustür.

Josephine beißt sich auf die Fingerknöchel.

Es gibt Entscheidungen, die werden einem abgenommen, denkt sie. Sie läuft langsam zur Haustür, zögert noch einen winzigen Moment – und öffnet.

Vor ihr steht Nick.

»Josephine«, sagt er.

Seine Augen schimmern feucht, das sieht sie sofort. Sie kann nicht sprechen, steht einfach nur vor ihm in ihrem Kleid und in ihren Stiefeln.

»Ich muss dir etwas sagen«, erklärt Nick leise.

»Ja«, flüstert sie.

Beide schauen sich in die Augen, bis er den Blick senkt.

»Es ging alles so schnell.«

Josephine nickt.

»Ich habe es nicht kommen sehen, ich würde doch nie mit Absicht …«

»Nein«, sagt Josephine leise.

»Ich habe es nicht gewollt, verstehst du?«, fragt er.

»Ja«, haucht Josephine.

»Damit habe ich nicht gerechnet.« Seine Stimme verliert sich. Er verbirgt sein Gesicht in beiden Händen.

Josephine wartet, lauscht.

»Ein Unfall, ein schrecklicher Unfall!« Nicks Stimme klingt gepresst.

»Ein Unfall?«, fragt Josephine.

»Weißt du, ich konnte sie nicht sehen«, sagt er. »Sie muss hinter einem der Büsche gehockt haben, und als ich in die Garage gefahren bin, habe ich nur einen dunklen Schatten bemerkt. Zu spät!«

Josephine starrt ihn an. Alles wirbelt durcheinander.

»Zu spät? Ich versteh nicht. Wovon sprichst du überhaupt?«

»Coco!«, sagt Nick.

»Coco?«

Gequält schaut er sie an.

Josephine krallt sich mit beiden Händen in seinen Arm.

»Coco? Coco!« Sie merkt nicht, dass sie schreit. »Wo ist sie? Was ist passiert? Was hast du mit ihr gemacht?«

Nick antwortet nicht. Er wendet den Kopf zur Seite und

deutet auf eine Papiertüte, die neben ihm steht. Josephine folgt seinem Blick, starrt auf die Papiertüte, in der sich nichts regt, und krallt sich noch fester in seinen Arm.

»Nein!« Es ist mehr ein Jammern, das sie von sich gibt. »Nein, nicht meine Coco, nicht meine Coco.«

Überfahren, getötet, ermordet, gestorben. Wörter überschlagen sich in ihrem Kopf. Qual, Schmerzen, Schreie, Wunden, Blut, Tod.

Nick nimmt Josephine in die Arme. Sie weint und wimmert, weint in seinen Pullover an seiner breiten Schulter und weint und weint wie noch nie in ihrem Leben.

»Ich habe sie in eine Plastiktüte gewickelt. Bitte lass es dabei, schau nicht hinein, das ist kein schöner Anblick«, sagt Nick.

Josephine wirft einen ängstlichen Blick in die Papiertüte. In der Papiertüte liegt eine Plastiktüte. Mit Coco darin. Mit ihrer Coco.

Langsam löst sich Josephine von Nick. Sie kniet sich hin, fährt mit einer Hand vorsichtig in die Papiertüte und berührt die Plastiktüte. Wärme, das letzte Mal Cocos Wärme spüren.

»Ich möchte jetzt allein sein«, sagt Josephine und schaut Nick dabei nicht an.

»Bist du sicher?«, fragt er.

Sie antwortet nicht, steht nur auf und hebt vorsichtig die Papiertüte an. Coco erscheint ihr schwerer als sonst, als hätte der Tod auch ein Gewicht.

»Ich bin immer für dich da«, sagt Nick und fährt sich durch seine dunklen Haare. »Es tut mir alles so leid, ich kann dir gar nicht sagen, wie sehr. Du kannst jederzeit rüberkommen oder anrufen.«

Josephine nickt und schließt die Tür.

Nach zehn Minuten oder einer Stunde oder einer Ewigkeit, die sie vor der Tüte gehockt hat, kann sich Josephine immer noch kaum rühren. Coco hat Würde verdient, denkt sie verschwommen. Würde, ihre Gedanken kreisen um dieses Wort, wenigstens ein bisschen Würde, was für Menschen gilt, gilt doch auch für Tiere. In einer Plastiktüte, die in einer Papiertüte steckt, kann Coco nicht begraben werden, das wäre eine Schande, ihrer Katze unwürdig. Josephine erhebt sich mühsam, sie steht, sie geht, und ehe sie überhaupt weiß, was sie tut, findet sie sich auf einmal in ihrem Ankleidezimmer wieder. Mit brennenden Augen starrt sie auf die Stiefelkartons, von oben nach unten, von links nach rechts. Irgendwann bleibt ihr Blick hängen, ein Karton schimmert irritierend silbrig, sie zieht daran, erst nur ein wenig, dann stärker, es ist der Silberkarton mit ihren roten Tango-Stiefeln.

Sie hebt den Deckel ab, nimmt die roten Stiefel heraus, legt sie einfach auf den Fußboden und geht mit dem Silberkarton in den Händen langsam wieder die Treppe hinunter. Ein Schluchzen steigt in ihr auf, sie schluckt es runter, kniet sich auf den Steinboden, ist wieder bei Coco. Da fällt ihr eine Haarsträhne ins Gesicht, sie bemerkt es nicht, oder es ist ihr egal, sie braucht ihre Hände für Coco, alle beide, sie nehmen Coco, die in ihrer Plastiktüte steckt, aus der Papiertüte heraus und betten sie vorsichtig in den silbernen Stiefelkarton. Josephine schaut verzweifelt auf die Plastiktüte in dem Stiefelkarton und zieht schließlich das Seidenpapier über Coco als eine letzte zarte Decke. Den Stiefelkarton wie ein Tablett vor sich hertragend, macht sich Josephine auf den Weg zum Hinterausgang und öffnet die Tür. Langsam setzt sie den Karton auf dem Boden ab.

Eine Schaufel, ich brauche eine Schaufel, denkt Josephine. Sie stolpert über eine Baumwurzel, als sie die Schaufel aus dem

Gartenhäuschen holt, kehrt zu Coco in ihrem Stiefelkarton zurück und schaut sich um.

Wo ist es wohl ruhig und friedlich, wo würde es Coco gefallen, wo?

Sie läuft ziellos umher, entscheidet sich endlich für ein schattiges Plätzchen unter dem Apfelbaum und beginnt zu graben, Schaufel in den Boden stechen, Sand ausheben, wieder und wieder und wieder. Als das Loch lang, breit und tief genug ist für den Stiefelkarton, hebt sie ihn sanft in seine letzte Bleibe und schaufelt den Sand darauf, bis nichts mehr von dem Silber zu sehen ist. Mechanisch klopft und tritt sie den Boden fest und setzt sich schließlich an Cocos Grab.

»Danke«, flüstert sie, legt beide Hände auf den sandigen Boden, schließt die Augen und widersteht nur mühsam dem Impuls, sich bäuchlings auf das Grab zu legen.

Zurück im Haus sucht Josephine nach Essbarem. Wie in Trance greift sie zu Brot, Butter und Aufschnitt, streicht Butter aufs Brot und legt eine Scheibe Wurst darauf. Ohne hinzuschauen, nimmt sie einen Bissen und kaut, das Brot schmeckt wie Pappe und scheint sich auszudehnen in ihrem Mund. Tränen laufen ihr aus den Augen, eine Träne tropft hinunter, mitten hinein ins Clownsgesicht der lachenden Wurst. Josephine starrt auf die Scheibe Clownswurst, etwas zieht sich heftig in ihr zusammen, brennt und schmerzt, sie starrt auf das kugelrunde und auf das zwinkernde Auge, auf den lachenden Mund, der noch mehr zu lachen scheint als sonst, viel breiter grinst, viel mehr in den Mundwinkeln nach oben gebogen ist, und ein Würgen steigt in ihr auf. Sie leert den Teller in den Abfalleimer und geht hinauf ins Badezimmer.

Unter der Dusche lässt Josephine lange heißes Wasser an sich herunterlaufen, bis ihre Haut ganz rot wird. Dann trocknet sie sich ab, cremt sich ein, zieht die Haarnadeln aus dem Haar, bürstet und bürstet, bis ihr die blonden Haare leicht gewellt bis über die Schultern fallen, und zieht sich an. Wäsche, Strümpfe, Kleid. Als Letztes die roten Stiefel.

Wahllos greift sie zu ein paar Kleidern und Unterwäsche und packt alles zusammen in eine Tasche. Schon steht sie im Foyer des Hauses und schließt die Tür hinter sich.

Draußen ist es dunkel geworden. Sie atmet ein paar Mal hintereinander tief die Abendluft ein. Josephine ist wach, sie spürt eine merkwürdige Energie, steht ganz aufrecht und atmet noch einmal tief durch. Langsam läuft sie auf das Nachbarhaus zu, späht durch die Scheibe und sieht Nick. Er sitzt in einem Sessel im Wohnzimmer, liest ein Buch, scheint Musik zu hören, denn sein Fuß wippt in einem gleichmäßigen Takt.

Für einen Moment meint Josephine, Tangoklänge wahrzunehmen. Ob er wohl Tango tanzen kann? Sie steht da, lauscht, bewegt sich nicht.

Schließlich dreht sie sich um und läuft die Straße hinunter zum Taxistand. Als ihr Gepäck im Kofferraum verstaut ist, fragt der Taxifahrer: »Bahnhof oder Flughafen?«

»Flughafen«, antwortet Josephine.

»Wohin soll's denn gehen?«, fragt der Taxifahrer und schaut sie im Rückspiegel an.

»Nach Indien«, antwortet Josephine mit glänzenden Augen.

DIE GÖTTIN

Wie fühlt es sich wohl an, eine Göttin zu sein, heiß begehrt von Männern, glühend beneidet von Frauen, bewundert von allen und beglückt von der Aufmerksamkeit der Welt? Wie geht man durchs Leben, wenn man in den Spiegel schaut und einem ein perfektes, ebenmäßiges Gesicht mit bezaubernden großen Augen, kleiner Nase und ausdrucksvollem Mund entgegenstrahlt und sich ein Körper offenbart, der schmal ist, sehr schmal und langbeinig und feingliedrig und ganz sanft gerundet an den richtigen Stellen?

Still sitzt Marie auf dem Balkon und beobachtet die göttliche Amadea, die sich nun reckt und streckt auf der Terrasse eine Etage schräg über ihr. Sie scheint den Tag zu begrüßen, hebt die Arme nach oben, breitet sie aus, erinnert an eine griechische Statue, die gerade zum Leben erwacht. Sie lächelt und schließt für einen Moment die Augen, lässt das Sonnenlicht auf ihr Gesicht scheinen, steht einfach da in ihrer ganzen Schönheit. Amadea ist seit fünf Jahren eines dieser Supermodels, sie hat die Laufstege in London, Paris, Mailand und New York erobert, sie ziert die Titelseiten von *Vogue* und *Elle* und *Harper's Bazaar*, und das, obwohl sie gerade erst dreiundzwanzig ist und aus einfachen Verhältnissen in Rio de Janeiro stammt. Sie ist die Frau, die Marie nie war und nie sein wird, die Frau, mit der Männer auf Yachten Partys feiern, die in knappen Bikinis herumläuft, als hätte sie nie etwas anderes getan, unbefangen, leichtfüßig, selbstverständlich. Natürlich bekommt sie rundherum bereits nach kürzester Zeit einen gleichmäßig gebräunten Teint, ein bisschen wie Nougat, einfach nur köstlich, ganz im Gegensatz zu Marie, die Sonne meidet, weil Sonne ihre weiße Haut verbrennt, Sonnenallergie mit juckenden Bläschen auslöst und ihr nicht guttut.

Ja, Amadea, denkt Marie, ein Sonnenkind, und genau deshalb ist sie hier. *Sun Days*, so heißt das neue Parfüm, für das sie nun in Südfrankreich einen Film drehen werden, und Amadea wird die Hauptrolle spielen, denn sie wurde ausgesucht als das Mädchen, das nach Sonne duftet, weil sie eben so aussieht, wie sie aussieht.

Als Amadea mit einer eleganten Drehung in ihrem Hotelzimmer verschwindet, seufzt Marie und widmet sich wieder ihren Nägeln. Marie mag gepflegte Hände und Füße, ihre Hände sind immer eher warm als kalt, die Finger nicht lang, nicht kurz, genau wie Marie, die nicht groß, nicht klein ist, nicht dick, nicht dünn. Ihre Nägel müssen unbedingt lackiert sein und zwar in Hellrosa wie immer, wie schon ewig, es gibt eben Dinge, die sich nie ändern. Das Hellrosa ist ein zarter Ton, ein wenig transparent, fast unsichtbar, zurückhaltend, neutral, unaufdringlich. Nie hat Marie den Absprung zu einer anderen Farbe geschafft. Nie würde sie Rot benutzen, das ist nur etwas für Frauen, die verführen oder verführt werden wollen, für eine Femme Fatale, deren Nägel aussehen sollen, als wären es Blutstropfen vom Rücken eines Mannes, den sie in wilder Leidenschaft gekratzt haben. Auch andere Farben findet Marie für sich befremdend, zum Beispiel Lila oder das seit ein paar Saisons beliebte Schwarz, das so modern ist, aber für Modisches ist Marie sowieso nicht zu haben. Zwar weiß sie viel über Trends, das bringt ihr Beruf mit sich, doch für sich selbst mag sie es lieber klassisch. Außerdem meidet sie Auffälliges für die Fußnägel, denn Füße zeigen Alter und darauf will man den Blick nicht lenken. Obwohl Marie nur selten hohe Schuhe trägt, haben sich ihre Füße im Laufe ihrer 43 Lebensjahre ein wenig verformt, die Ballen treten hervor, und die kleinen Zehen haben Druckstellen, bald gibt es vielleicht sogar Hühneraugen. Marie verzieht das Gesicht und pinselt sorgfältig das Hellrosa auf die Fußnägel, beginnend am linken kleinen und endend am großen Zeh. Danach ist der andere Fuß dran und zum Schluss die kurz gefeilten Fingernägel.

Ihr Handy klingelt, gerade als sie das Fläschchen mit dem hellrosa Nagellack zugeschraubt hat. Sie schaut auf das Display, es ist Robert, ihr Mann, weit weg, ganz weit weg.

»Hallo, Schatz«, meldet sie sich.

»Bist du gut angekommen?«, fragt Robert.

»Ja, alles in Ordnung. Ich habe schon ausgepackt und gehe gleich zur Besprechung mit den anderen.«

»Wie ist es denn so?«

»Viel habe ich noch nicht gesehen, nur einiges vom Taxi aus, aber ich würde sagen, anheimelnd, es sieht alles bildschön aus.«

»Bildschön französisch?« Robert lacht.

»Ja, genau. Gerade habe ich übrigens Amadea gesehen.«

»Amadea?«

»Das Topmodel, mit dem wir drehen.«

»Aha.«

Marie lächelt. Robert hat von Topmodels so viel Ahnung wie sie von Quantenphysik, das Thema, das Robert erforscht und lehrt. Ihre Welten könnten kaum verschiedener sein. Vielleicht ergänzen wir uns deshalb so gut, hat Marie schon oft überlegt.

Und weil Robert eben Robert ist, aufrichtig und klug und lieb und ihr Mann fürs Leben.

»Alles o. k. mit den Kindern?«, fragt Marie.

»Sicher. Heute nach der Schule gehen wir Pizza essen, das habe ich ihnen versprochen.«

»Hat Andie schon für die Klausur in Englisch gelernt? Und vergiss nicht Gretchens Ballettstunde.«

»Ja, das hat meine Mutter alles im Griff, mach dir keine Sorgen.«

Marie nickt. Ihre Schwiegermutter ist ein Segen, ohne sie ginge gar nichts, schon gar nicht ihr Job. Marie prüft vorsichtig, ob ihr Nagellack trocken ist.

»Super«, antwortet sie. »Dann viel Spaß beim Pizzaessen, viele Grüße an alle, mein Schatz.«

»Ich denk an dich.«

»Und ich an dich.«

Seit über zwanzig Jahren gehört dieses Ritual zu Robert und Marie, jedes Telefonat endet mit denselben Worten.

Sorgfältig schließt Marie die Balkontür und steckt das Nagellackfläschchen in die Handtasche. Dann setzt sie sich aufs Bett und streicht über die Samtkissen, die am Kopfende drapiert sind. Was ist das nur für ein Zimmer, denkt Marie. Die Wände in Mittelblau gestrichen, die Zimmerdecke in Dunkelblau mit kleinen goldenen Sternen, das Bett opulent mit seidenbespannter Rückwand, zugedeckt mit dunkelrot schimmerndem Seidenstoff, verziert mit roten Samtkissen. Eine chinesische Truhe am Fußende des Bettes, schwarz und rot gelackt, ein Paravent mit Paradiesvögeln und Tropenpflanzen bemalt, Messingschälchen mit schwimmenden Blüten und Kerzen in kleinen bunten Glasbechern, ein Teppich mit Phantasiemuster, vielleicht persisch oder türkisch – alles wie aus Tausendundeiner Nacht. Daheim ist die Einrichtung so praktisch und rein, hell und heiter, genau richtig für ein Haus mit drei Erwachsenen, zwei Kindern, einem Hund und zwei Meerschweinchen. Und nun ist sie in einem Märchen im südfranzösischen Arles gelandet.

Wenn sie nicht arbeiten müsste, würde sie sich jetzt in dieses Bett kuscheln, träumen, die Ruhe genießen und noch mehr träumen. Stattdessen nimmt sie ihre große Handtasche, kontrolliert, ob ihre Unterlagen auch vollständig sind, und verlässt ihr Märchenzimmer.

»Komm rein, Marie, die Tür ist offen!«

Marie drückt die altmodische Messingtürklinke herunter und schaut sich um. Das Zimmer von Laurenz ähnelt dem ihren, ist nur viel größer, klar, er ist der Kreativchef der Werbeagentur, sie eine Art-Direktorin, die für ihn visuelle Konzepte erarbeitet, insofern genießt er mehr Privilegien, was sich unter anderem in größeren Hotelzimmern ausdrückt. Zwei Sofas finden hier Platz, beide aus dunkelgrünem Samt mit vielen roten Seidenkissen, dazu ein kleiner schwarzer Lacktisch, unter dem ein Zebrafell auf dem Boden liegt. Die Wände sind mit grünem Stoff bespannt, auf dem kleine goldene Blüten tanzen.

»Das hier alles …«, sagt Marie und zeigt einmal rundherum.

»Irre, oder?« Laurenz grinst.

»So was Verrücktes hatten wir lange nicht.«

»Tut uns mal gut. Diese ganzen schicken Designerhotels kommen einem doch irgendwann aus den Ohren heraus.«

Marie nickt. Sie reist oft mit Laurenz durch die Weltgeschichte für Fotoproduktionen, Filmdrehs, Meetings. Laurenz und Marie sind ein eingespieltes Team: Laurenz, der Werbeguru, etwas älter als Marie, aber jung im Geiste, attraktiv mit seinen markanten Gesichtszügen und in seiner wenigen Freizeit gern mit schönen Frauen zugange, mal mit dieser, mal mit jener, wohl aus Rastlosigkeit. Marie dagegen die Geerdete, die Verlässliche, die bei all ihrer Kreativität realistisch bleibt und die gemeinsamen Projekte detailgenau durchdenkt.

»Hast du gestern schon mit Walter gesprochen?«, fragt Marie und setzt sich Laurenz gegenüber auf das andere Sofa.

Walter Stein, Fotograf und Regisseur, hat sich überreden lassen, in diesem Werbefilm Regie zu führen. Marie ist begeistert, denn Walter weiß, wie man aus jungen Models, selbst wenn sie noch nichts können, wissen und kennen, ausdrucksstarke Geschöpfe macht, wie man Frauen überirdisch schön erscheinen lässt, wie man die Persönlichkeit von Menschen in Szene setzt und nie gesehene Momente gestaltet.

»Ja, Walter hat mir schon die Location gezeigt, ein ganz ruhiger Strandabschnitt, eine Stunde von hier mit dem Auto entfernt. Das ist total einsam da, kaum Touristen um die Jahreszeit, jetzt muss nur noch das Wetter mitspielen. Sein Kameramann war auch dabei, er heißt Bo, ein guter Typ, arbeitet normalerweise bei internationalen Spielfilmproduktionen. Die zwei sind total in dem Thema drin, haben auch noch einige eigene Ideen, das wird ein guter Dreh, glaube ich.«

Marie nagt an der Unterlippe. »Eigene Ideen?«

»Ja, wir drehen natürlich alles so, wie es in deinem Storyboard steht, sonst reißt uns der Kunde den Kopf ab. Aber wir haben am zweiten Drehtag sicher Zeit zum Improvisieren. Wusstest du eigentlich, dass Walter hier in der Nähe ein Haus hat?«

»Ach, deshalb wollte er unbedingt hier drehen.«

»Das Gute daran ist, dass er alle und alles hier kennt. Bo wohnt auch bei ihm.«

»Klingt alles richtig gut!«, sagt Marie.

Es ist warm in Laurenz' Zimmer, sie zieht die Strickjacke aus, die sie über ihr schwarzes Wickelkleid gezogen hat, und fährt sich durch ihre mittellangen, braunen Haare.

Laurenz' Blick bleibt an ihrem Kleid hängen. In Brusthöhe.

»Hübsch«, sagt er.

Sie zieht das Kleid häufig bei Produktionen an, meist tragen alle hinter der Kamera neutrale Farben, vorzugsweise Schwarz oder Weiß, um das Auge am Set nicht zu irritieren, und Marie trägt ohnehin am liebsten Schwarz. Auch diesmal hat sie dieses schwarze Kleid dabei, außerdem einen schwarzen Rock, schwarze Hosen, schwarze T-Shirts und ein weißes Kleid, das sie genauso wenig tragen wird wie sonst, aber sie packt es immer wieder ein, weil ihr ein Koffer mit ausschließlich schwarzer Kleidung zu pessimistisch erscheint.

»Danke«, antwortet Marie und zupft an ihrem Ausschnitt, als wolle sie ein bisschen mehr Haut verdecken.

Sie schaut zu Laurenz rüber. Der guckt zurück, sie kann seinen Blick nicht deuten. Dieses Zimmer, genau wie mein Zimmer, hat es in sich, denkt Marie. Es ist, als wäre sie in eine surreale Ebene gerutscht, in eine andere Sphäre.

»Drehen wir chronologisch, oder will Walter lieber mit einer bestimmten Szene anfangen?«, fragt Marie hastig. Sie hofft, dass genau in der Reihenfolge der Szenen in ihrem Storyboard gedreht wird, weil sich in ihrem Kopf die Bilder so besser zusammenfügen.

Laurenz steht auf. Mit seinen fast zwei Metern Körperlänge wirkt er in diesem Zimmer mit den vielen kleinen, in der ganzen Welt gesammelten Möbelstücken noch größer als sonst.

»Amadea ist Model und keine Schauspielerin, deshalb will Walter sich an den Ablauf des Skripts halten. Damit sie sich besser in das Ganze einfühlen kann. Außerdem passt es so am besten mit dem Licht, das Licht am Morgen wollen wir gleich für die ersten ruhigen Szenen nutzen.«

Und wenn die Sonne dann höher steht, können die lebendigeren Szenen folgen, denkt Marie. Perfekt.

Laurenz schaut auf die Uhr, geht dann zum Sofa und streckt Marie seine Hand entgegen. Sie fühlt sich plötzlich eingeschüchtert von seiner Gegenwart, weiß nicht recht, ob sie die Hand übersehen oder betont kumpelhaft zugreifen soll, und legt schließlich ihre Rechte in seine große Hand. Mit einem Ruck zieht er sie vom Sofa hoch, eine Schrecksekunde, ein Aufblitzen, dann lässt er sie los, und Marie nimmt schnell ihre Handtasche, hält sich an ihr fest, sucht nach ihrer Strickjacke, die Laurenz aber schon vom Sessel genommen hat und ihr entgegenhält.

Draußen ist Arles. Realität, wenn auch eine wie aus dem Bilderbuch. Marie und Laurenz steigen in einen SUV, der bereits auf sie wartet, um sie zur Kostüm- und Make-up-Probe an den Drehort zu fahren. Während Laurenz auf seinem Blackberry herumdrückt, guckt Marie aus dem Fenster, lässt die Landschaft an sich vorbeirauschen. Sie genießt es, in Südfrankreich zu sein, fremde Leute zu treffen, fremde Orte kennenzulernen, etwas Neues zu kreieren, bewegte Bilder, die bislang nur in ihrem Kopf wohnen und die sie in ein Storyboard zu bannen versucht hat, sie genießt es, ein eigenes Leben zu haben, in dem sie nicht die häusliche Marie ist, sondern Marie, die Art-Direktorin. Kurz denkt sie liebevoll an ihren Mann Robert und an ihre Kinder, schiebt aber alle drei wieder weg, sie gehören zu der Marie daheim, zu der Gefährtin und Mutter und Schwiegertochter.

Wie Laurenz es beschrieben hat, ist der Strand wunderschön und leer, er ist sehr breit, bestens geeignet für Bilder, die Weite zeigen, überlegt Marie. Zwei Wohnwagen des Filmteams stehen bereits dort, und daneben gibt es zeltartige Aufbauten, unter denen die Technik steht, Scheinwerfer, Lichtreflektoren, Stative, Videomonitore.

»Da drüben sind Walter und Bo«, sagt Laurenz.

Walter ist ein gestandenes Mannsbild, fast so groß wie Laurenz, aber breiter, jemand, der ein Klavier eher anheben als schieben würde. Und Bo? Wo kommt er wohl her? Er hat einen Lockenkopf mit schwarzen, dicken Locken, dunkle Haut, gebräunt mit olivfarbigem Unterton, typisch für einen Südländer, allerdings sieht er nicht unbedingt spanisch oder italienisch aus.

Ein kurzes freundliches Nicken, ein Händedruck, Marie und Laurenz scheinen zu stören. Bo spricht mit Walter Französisch, Marie versteht, dass es um irgendwas mit einer Kamera geht, und wendet sich ihrem Boss zu.

»Lass uns jetzt erst mal mit den Make-up-Leuten reden«, sagt sie.

»Ja, aber warte noch einen Moment, bis die beiden hier fertig sind. Walter muss als Regisseur dabei sein.«

Walter Stein zeigt nun auf einen der beiden Wohnwagen.

»Amadea ist schon drin, sie probieren gerade das Make-up aus«, sagt er, Laurenz zugewandt. Walter würdigt Marie keines Blickes.

Wieder so ein Typ, der Frauen hinter der Kamera mit Absicht übersieht, denkt Marie. Sie ahnt, dass Walter Stein sie nicht richtig ernst nehmen will. Er wäre nicht der Erste und wird auch nicht der Letzte sein, sie kennt das, sie ignoriert das und weiß, dass dieser Film auch ihr Film werden wird, egal, ob Walter Stein will oder nicht.

Sie klettern alle in den geräumigen Wohnwagen.

Amadea sitzt auf einem Schminksessel, der Hairstylist ist gerade dabei, ihr langes, blondes Haar glatt zu bürsten, während der Make-up-Artist mit Amadeas Fingernägeln beschäftigt ist. Laurenz und Marie begrüßen alle, natürlich auch Amadea, die ohne Schminke aussieht wie ein unschuldiges Kind, noch jünger, als sie es ohnehin schon ist.

»Welche Farbe soll's denn nun sein?«, fragt der Make-up-Artist in Richtung Walter und zeigt auf Amadeas Fingernägel. »French Manicure oder einfach nur Klarlack oder Korallenrot? Ich hätte auch ein tolles Orange, oder Silber, oder Gold? Ich fände ja Silber super, das wird im Sommer total in sein.«

Marie verbirgt ihre hellrosa Fingernägel auf dem Rücken und kommt sich sofort unmodern vor. Ihr Blick gleitet über die verschiedenen Nagellackfläschchen.

»Na?«, fragt der große Walter Stein und schaut Laurenz an.

Der wiederum guckt zu Marie rüber.

»Gold, ich fände Gold ganz wunderbar«, sagt Marie. »Silber ist vielleicht cooler, aber dieses Gold hat einen warmen Schimmer, der perfekt ist für einen Sonnenduft.«

»Also, Gold!« Walter nickt. »Finde ich gut. Und die Haare? Im Storyboard sind sie offen und glatt. Wollen wir das so?«

Diesmal antwortet Marie sofort. »Ja, für den größten Teil des Films. Aber zu Anfang, bei der ersten Szene, da wäre es schön, wenn die Haare noch zusammengebunden sind. Nicht als Pferdeschwanz mit Gummiband oder Klammer, mehr irgendwie so nach hinten gedreht, als hätte sie es selbst gemacht.«

»Kannst du das mal probieren?«, fragt Laurenz den Hairstylisten.

Der dreht die Haare sorgfältig nach hinten, fixiert sie ein

wenig mit Spray und zupft zwei Strähnen heraus, die wie zufällig nach vorn fallen.

Alle gucken Amadea an. Was auch immer man mit ihr anstellt, sie sieht hinreißend aus.

»Gefällt mir!«, sagt Walter, der große Walter Stein.

Marie entspannt sich. Das wird schon werden. Zumindest hat er jetzt Notiz von ihr genommen.

»Sehr schön«, sagt eine Stimme neben Marie. Bo guckt sie kurz an und nickt. Dann betrachtet er aus leicht zusammengekniffenen Augen Amadea von der Seite, als würde er bereits überlegen, aus welchem Winkel er sie am besten filmen sollte.

Marie, Laurenz, Walter Stein und Bo verlassen den Wohnwagen, als Amadea sich umziehen muss, um die Garderobe auszuprobieren. Sie setzen sich auf Regiestühle unter einem der schwarzen Zelte.

»Im Storyboard trägt sie eine Art Kaftan, aber wie wär's denn einfach mit einem schlichten weißen Bikini?«, fragt Walter Stein. »Das sieht clean aus und puristisch und lenkt nicht ab.«

Marie will sofort antworten, hält sich aber zurück, weil sie Laurenz nicht vorgreifen will. Es gibt Spielregeln, und Marie ist die Letzte, die gegen Spielregeln verstößt.

»Bikini sieht sofort nach Werbung für Sonnencreme aus«, antwortet Laurenz. »Das lassen wir lieber. Sie könnte einen Bikini unter einem transparenten Oberteil tragen, das ginge. Haut wollen wir sehen, Haut duftet, aber nicht zu viel davon, sonst setzen wir die falschen Signale.«

Marie schweigt zufrieden. Genau dasselbe hat sie auch gerade gedacht, und ihr ist es egal, wer es ausspricht.

»Hauptsache, sie trägt nichts Unförmiges, Weites. Wir haben ein Topmodel mit einem tollen Body, und den können wir auch zeigen, möglichst ohne Kartoffelsack. Sexy muss es schon sein«, sagt Walter Stein.

»Sinnlich!« Das Wort rutscht Marie heraus.

Alle schauen sie an.

»Nicht sexy, eher sinnlich«, sagt Marie. »Sie genießt die Sonne und die Wärme auf der Haut. Ein wohliges Gefühl, das kennen wir doch alle. Dieses Gefühl ist nach innen gerichtet, sehr persönlich. Dann empfindet sie Freiheit, ist glücklich, vielleicht auch übermütig und wird zu einem lebendigen Sonnenmädchen!«

»Da ist aber jemand romantisch, was?« Walter Stein lacht, und Marie wird rot.

»Sinnlich!«, wiederholt Bo. »Gut.«

Laurenz wendet sich Bo zu. »Wir kriegen das schon hin. Die Marie hat das richtige Gespür für so was.«

Und den richtigen Verstand für so was, denkt Marie.

Amadea entzückt alle. Sie ist ein schöneres Sonnenmädchen, als Marie es sich für das Parfüm *Sun Days* überhaupt hat vorstellen können. Schon als Amadea bei den ersten Kameraproben unbefangen lächelte, mit ihrem langen Haar spielte und barfuß auf das Meer zulief, da konnte niemand mehr die Blicke von ihr lassen, da standen alle in ihrem Bann. Ihr hellgelbes Kleid, für das sie sich schließlich entschieden hatten, ist transparent und kurz, lässt den Blick auf ihren jungen Körper im weißen Bikini zu, der perfekter nicht sein könnte, so scheint es Marie. Einen so flachen Bauch hat sie nie gehabt, und nach zwei Geburten ist die Haut sowieso nicht mehr so straff gespannt wie bei Amadea. Bei Marie sieht man auch keine definierten Muskeln, weil diese, wie ihr Robert es scherzhaft und liebevoll sagt, ein bisschen unter Putz liegen, unter weichem Putz, den Marie, die ja nicht dick ist, trotzdem nicht wegbekommt und deshalb lieber Badeanzüge trägt als knappe Zweiteiler wie Amadea. Allerdings nicht hier und heute, das würde Marie nie wagen, es wäre auch unpassend am Drehort, obwohl es sehr warm ist, viel wärmer als erwartet im Mai. Nein, Marie hat sich verhüllt, über dem schwarzen Kleid trägt sie eine dünne Strickjacke, weil sie Angst hat, sich die Arme zu verbrennen, und außerdem eine Schirmmütze, um ihrem Gesicht zusätzlich zum aufgetragenen Sunblocker Schatten als Schutz zu spenden. Amadea, die Glückliche, hat sich in den vergangenen Drehstunden der Sonne zugewandt, ihre Haut von den Strahlen umspielen lassen und die Wärme genussvoll und freudig aufgesogen. So waren die Bilder, die Bo bereits gefilmt hat, harmonisch und intensiv, schöner, als es ein Skript beschreiben kann.

Bo gibt seinem Assistenten gerade die Kamera in die Hand, um einen Moment auszuruhen. Als Bo zu Amadea rüberschaut, sieht er, wie sie mit ihren nackten Füßen im Wasser steht, ihre Fesseln von kleinen Wellen kühlen lässt und sich vollkommen unbeobachtet fühlt. Da nimmt Bo die Kamera wieder an sich, lässt sie laufen, schleicht sich an Amadea heran, die nichts bemerkt, filmt sie, während sie mit dem Fuß das Wasser hochspritzt, wie es kleine Kinder gern tun, und dann wieder verträumt geradeaus aufs Meer schaut. Bo bewegt sich nicht, verändert nur ab und zu die Einstellungen der Linse, fängt alles ein, das Zufällige, das Spontane, das Persönliche, bis Amadea endlich Bo entdeckt und er auch sofort die Kamera sinken lässt.

Marie hält den Atem an. Dieser Bo hat ein besonderes Talent, er sieht mehr als wir anderen, denkt sie, er hat den Instinkt für Momente. Und Walter Stein als erfahrener Regisseur lässt ihn gewähren, weiß genau, dass diese Bilder das Futter sind, um den Film reicher zu machen, üppiger, satter.

Als Bo schließlich zu dem Zelt zurückkehrt, klopft Walter Stein ihm auf die Schulter, und Laurenz nickt ebenfalls wohlwollend.

»Echt klasse, Bo!«, sagt Laurenz. »Der Film bekommt einen ganz eigenen Ausdruck.«

Auch Marie spürt Begeisterung und lächelt Bo zu. Sie will gerade etwas sagen, als Laurenz sie anspricht.

»Marie, ich habe irgendwie so ein Kratzen im Hals, ich weiß nicht, ob vom Wind oder ob ich was ausbrüte. Hast du etwas für mich?«

Sofort greift Marie zu ihrer großen Handtasche. Alles ist immer in dieser großen Handtasche, nicht nur ihr Telefon, Geld, Reisepass, Lippenstift und ihr hellrosa Nagellack, falls mal ein bisschen Farbe abplatzt, nein, auch alles, was alle anderen so brauchen könnten, sei es ein Etui mit einer Lesebrille, falls ihr Mann oder ein Kollege keine dabeihat, oder ein Ersatzkugelschreiber. Früher, als die Kinder noch klein waren, sogar Milchfläschchen und Notwindeln, natürlich Pflaster und eine Minitube mit desinfizierender Salbe, falls sich jemand verletzt, Allergietabletten, weil man ja nie weiß, und so einige andere Medikamente für den Notfall. Laurenz ist oft ein medizinischer Notfall, weil in dem großen, starken Kerl auch ein Hypochonder steckt. Sie holt ein kleines Beutelchen aus der großen Tasche, öffnet den Reißverschluss und zieht einen Streifen mit Lutschtabletten gegen Halsschmerzen heraus, dazu zwei Aspirin und eine Tablette mit hochdosiertem Vitamin C.

»Ohne Marie kann ich gar nicht leben«, sagt Laurenz, legt einen Arm um ihre Schulter und drückt sie kurz an sich.

Bo schaut herüber und sagt nichts dazu. Marie weiß gar nicht, ob sie es gerade angenehm findet, von Laurenz gewissermaßen umarmt zu werden. Sie bleibt einfach regungslos stehen und erwidert Bos Blick.

Schließlich verordnet der Regisseur allen eine Pause, und Marie merkt, dass ihr schon der Magen knurrt. Sie geht zu dem Zelt, in dem das Catering ein großes Buffet aufgebaut hat. Amadea hat bereits einen Teller in der Hand, nimmt sich Salat mit einer Zange, ganz vorsichtig, Blättchen für Blättchen, ein paar winzige Kirschtomaten dazu und darüber ein paar Tropfen Balsamico-Essig. Marie macht es ihr nach, nimmt allerdings ungefähr die dreifache Salatmenge, gönnt sich außerdem Olivenöl und stoppt schließlich vor dem französischen Baguette-Brot. Die Kruste sieht knusprig aus, das Weiße darin weich und luftig, es duftet verlockend, als Marie ein Stück in die Hand nimmt und daran schnuppert. Sie legt zwei Baguette-Stücke auf den Tellerrand, dazu sucht sie sich ein Päckchen mit Butter und trägt ihr Essen an einen der langen Holztische, die einfach am Strand vor dem Zelt stehen.

Laurenz gesellt sich zu ihr, ebenso Walter Stein. Beide Männer haben anständige Männerportionen mit Fleisch und Gemüse und Brot auf ihren Tellern und unterhalten sich angeregt. Marie schließt ihre Ohren. Sie will jetzt nichts hören, sie will nur essen und für einen Moment entspannen und entfliehen. Sie faltet das Silberpapier des kleinen Butterpäckchens auseinander, nimmt ein wenig von der Butter mit dem Messer auf, streicht sie hauchdünn auf das Baguette-Brot, legt das Messer zur Seite, beißt in das Brot, schließt die Augen, kaut und genießt den Geschmack, den sie mit Frankreich verbindet, mit Frühstück in Paris und nun auch mit Lunch in der Nähe von Arles, die nackten Füße im Sand am Strand, die Luft angenehm warm, ein wenig Wind in ihrem schulterlangen Haar. Als sie ihre Augen wieder öffnet, schaut sie direkt in ein Paar sehr große braune Augen. Bo hat ihr gegenüber Platz genommen und betrachtet sie. Marie hört abrupt auf zu kauen, es ist ihr peinlich, so erwischt zu werden, zumal ja überall gepredigt wird, dass weiße Kalorien von weißem Brot und weißem Reis und von fast allem, was weiß ist, leere Kalorien sind, die dick machen, und nun denkt er vielleicht, von nichts kommt nichts, und kein Wunder, dass Marie keine Modelfigur hat, aber Marie ist eben keine reine Salatfrau wie die göttliche Amadea. Da greift Bo zu einem Stück Baguette-Brot, hält es kurz hoch, damit es Marie auch wirklich sieht und beißt hinein. Marie lächelt. Wie schon beim Drehen am Strand spricht Bo eher mit den Augen zu ihr, schaut prüfend, ob ihr gefällt, was gefilmt wird, versucht, es in ihrem Gesicht zu lesen, statt zu fragen.

Während Walter Stein und Laurenz fachsimpeln, schweigen Marie und Bo weiter. Marie ist sich seiner Gegenwart sehr bewusst, Bo hat etwas Wildes, das hat sie den ganzen Tag lang beobachten können. Sie hat es in seinen Bewegungen gesehen, in seiner wachen Konzentration, in dem instinktvollen Agieren mit der Kamera. Die Energie, die er ausstrahlt, ist fast greifbar, weil er ihr doch genau gegenübersitzt. Plötzlich spürt Marie etwas unter dem Tisch, an ihrem nackten Fuß, ausgerechnet an dem rechten, an dem der Ballen noch ein wenig deutlicher hervortritt. Es ist ein Zeh, der ihren Zeh berührt, vorsichtig, sanft, auch wenn der Sand ein bisschen auf der Haut reibt und der Berührung einen rauen Schmerz verleiht. Sie hebt den Blick von ihrem Teller und guckt Bo an, der aufgehört hat zu essen. Still erwidert er ihren Blick, lächelt nicht, sein Gesicht ist ruhig und ernst. Sein Fuß liebkost den ihren. Marie wird ganz heiß unter seinem Blick, seine großen braunen Augen sind so besonders, und das wundert sie nicht. Sehen ist sein Leben, es ist wohl seine Gabe, er versucht einzufangen, was er sieht, das ist seine Passion.

Früher hat Marie gedacht, sie würde nur einen Mann mit braunen Augen lieben können, weil da die Glut drinsteckt und ein tiefes Versprechen von etwas Unbestimmtem, Aufregendem. Dann hat sie Robert getroffen, der blaugrüngraue Augen hat, eine Farbe, die je nach Licht variiert, aber braun ist sie nie. Auch schaut er sie nie so an, wie es Bo gerade tut, sondern Robert betrachtet sie meist mit einer Mischung aus tiefem Wohlwollen, Zuneigung, Freundlichkeit und Behaglichkeit, eben so, wie man freudig eine Kaschmirdecke begrüßt, wenn es kalt ist draußen, oder wie man ein Stück Käsekuchen anguckt, wenn man ein Bedürfnis nach Süße und nach Üppigkeit hat, nach etwas Weichem und Gezuckertem. Aber Bo, der nicht viel mit Worten kommuniziert, sondern gerade nur mit seinem Fuß und vor allem mit seinen Augen, er sagt etwas anderes. Nur was? Marie spürt weiterhin seinen Fuß an dem ihren, seinen streichelnden Zeh auf ihrem Fußrücken, bis sie vorsichtig auch ihre Zehen über seinen Fuß gleiten lässt. Neben ihr Laurenz und Walter Stein, gegenüber Bo, von dem sie inzwischen weiß, dass er ursprünglich aus Marokko stammt, zwar in Paris aufgewachsen ist, aber seine Wurzeln sind orientalisch, und das glaubt Marie zu spüren, da ist etwas, das sie nicht kennt und das nun in ihr etwas Fremdes auslöst. Sie fürchtet, das Atmen zu vergessen, doch schon ist diese berückende Sequenz vorbei, in der sie etwas getan hat, was sie noch nie getan hat, nun klatscht Walter Stein in die Hände, alle stehen auf, auch Marie, die sich nicht traut, Bo anzuschauen oder überhaupt jemandem ins Gesicht und die stattdessen auf ihren rechten Fuß blickt.

Am Abend nach Drehschluss fährt Walter Stein in sein Haus,

und er nimmt Bo mit, der ja bei ihm wohnt. Marie und Laurenz gehen mit einigen anderen aus dem Filmteam zum Dinner ins Hotel, und als Laurenz ein wichtiges Telefonat führen muss, nutzt Marie die Chance, in ihr verwunschenes Zimmer zu verschwinden. Sie sitzt auf der Bettkante und sieht Bo vor sich, dann Laurenz und wieder Bo, den sie auf einmal vermisst, weil sie nicht mehr am Strand sind und weil ihre Füße nicht mehr im gleichen Sand stecken. Ihr Telefon klingelt, natürlich, sie hat heute noch gar nicht mit Robert gesprochen und auch gar nicht an ihn gedacht, nur vorhin einmal ganz kurz und das mit einem schlechten Gewissen, weil sie verwirrt ist auf eine merkwürdige Art und Weise. Sie kann in diesem Zimmer, das nur ihr gehört, nicht ihrer Familie und schon gar nicht Robert, unmöglich mit ihm sprechen, denkt sie und läuft schnell auf den Balkon. Der vertraute Klang seiner Stimme beruhigt sie ein wenig, er berichtet ausführlich von den Kindern, und sie erzählt ihm ein bisschen von dem Dreh.

»Ich denk an dich«, verabschiedet sich Robert schließlich.

Maries Hand umkrampft das Handy. »Und ich an dich.«

In der Nacht blüht Maries Phantasie, sie konnte schon immer Gedankenreisen machen, Reisen in unbekanntes Terrain, die in Situationen führen, die Marie nie erleben wird und auch gar nicht will, jedenfalls meistens nicht. Auf diesen Reisen ist Marie die Heldin, die alles darf und alles bekommt, wovon sie träumt, und das im Übermaß und ohne Anstrengung. Sie dreht sich in ihrem großen Bett mit der dunklen Bettwäsche genüsslich hin und her, fühlt sich beschützt und verwegen, weil sie eben in ihren Vorstellungen tut, was ihr vorschwebt, auch wenn das etwas Verbotenes ist. Am Morgen ist sie nicht gerade ausgeschlafen, aber sie lächelt, als sie aufstehen muss.

Heute ist der zweite Drehtag, und den will sie genießen, und sie möchte nicht die Marie sein, die immer schwarze Kleidung trägt, sondern die Marie, die sich leicht fühlt, wenn auch ein wenig durcheinander, aber das muss ja nichts Schlechtes sein. So steigt sie in ihr weißes Kleid, das sie immer dabeihat, aber nie trägt, schließt den langen Reißverschluss auf dem Rücken, fühlt, wie es sich dabei eng an ihren Körper schmiegt, nicht zu eng, aber eng genug, um die eigenen Rundungen und ihre Taille zu spüren. Gemeinsam mit Laurenz fährt sie zum Drehort. Erwartungsvoll, auch wenn sie nicht weiß, warum.

Dort herrscht eine angespannte Stimmung. Amadea steht abseits von allen, nah am Meer, und telefoniert. Dann textet sie auf ihrem Blackberry herum. Als sie sich umdreht, glitzern Tränen in ihren Augen. Diesen Blick kenne ich, denkt Marie, das erinnert sie an ihre Kinder Andie und Gretchen, wenn ihnen etwas auf der Seele lastet.

Walter Stein spricht nun mit Amadea, die gerötete Augen hat und deren Mundwinkel nach unten zeigen.

»Du bist doch ein Profi, komm, da musst du jetzt durch!«, sagt er.

»Ich kann doch nichts dafür, wenn ich weinen muss«, antwortet Amadea. Ihre Stimme hört sich ganz dünn an.

»Du musst jetzt aber endlich geschminkt werden, Amadea.«

Die Dreharbeiten hatten schon zwei Stunden Verspätung, und der Regisseur runzelt besorgt die Stirn.

»Aber«, sagt Amadea und fängt an zu schluchzen.

Walter Stein nimmt sie väterlich in den Arm, woraufhin das Schluchzen noch intensiver wird.

Marie guckt mit mulmigem Gefühl zu. Jede Frau kennt das, je mehr man getröstet wird, desto mehr muss man weinen. Walter meint es gut, aber so wird das nie was, denkt Marie.

Als Walter ihr nun hilflos über das Haar streicht, fangen auch noch Amadeas Schultern an zu beben.

Da fasst sich Marie ein Herz, öffnet ihre große Handtasche, nestelt schnell ein Taschentuch heraus und geht zu Walter und Amadea. Sie sagt leise zu dem Regisseur: »Lass mich mal, bitte.«

Dann nimmt sie einfach Amadeas kühle Hand in ihre warme Hand und sagt: »Komm, Amadea.«

Sie reicht ihr das Taschentuch, und Amadea lässt sich willenlos von Marie wegziehen. Marie geht mit ihr zu dem Wohnwagen, vor dem der Hairstylist und die Make-up-Frau warten, lächelt beiden kurz zu, fasst Amadea um die schmale Taille und schiebt sie die Stufen zum Wohnwagen hinauf. Im Inneren setzt sie Amadea in einen Sessel. Marie schaut sich um, entdeckt einen kleinen Kühlschrank, nimmt eine Dose Cola light heraus, öffnet sie mit einem Zisch und stellt sie Amadea auf den Tisch.

»Trink mal einen Schluck, etwas Süßes tut gut, wirst du sehen, und Kalorien hat es auch keine.«

Amadea wechselt einen kurzen Blick mit Marie und trinkt brav einen Schluck Cola. Einen großen Schluck Cola. Von der Kohlensäure muss sie aufstoßen, nur ganz leise, aber beide Frauen lächeln sich kurz an.

»Die denken bestimmt alle, ich bin total zickig«, sagt Amadea.

»Wenn du immer darüber nachdenkst, was andere vielleicht über dich denken könnten, wirst du früh graue Haare kriegen«, antwortet Marie.

Amadea verzieht lächelnd den Mund.

»Egal, was die denken, die brauchen dich, wir alle brauchen dich. Ohne dich läuft hier gar nichts, das ist doch cool, oder?«, fragt Marie.

»Hm, na ja, das setzt mich ganz schön unter Druck.« Amadea trinkt noch einen Schluck Cola. »Aber das ist nicht das eigentliche Problem, weißt du. Meine Tante ist schwer erkrankt, und ich hänge doch so sehr an ihr. Jetzt ist sie im Krankenhaus und muss operiert werden. Für meine Mutter ist das auch schlimm, sie wird sicher Tag und Nacht in der Klinik sitzen. Ich kann sie nicht ablösen, kann gar nicht helfen. Mir fehlt meine Familie ganz schrecklich. Nun bin ich wieder mal in einer anderen Zeitzone, kann nur Textnachrichten schicken, zwischendurch ruft meine Agentur an und erzählt von neuen Buchungen, dabei habe ich gerade die Modenschauen hinter mir und will endlich mal wieder nach Hause nach Rio.«

Marie nickt. »Klar. Ist ganz schön hart, diese Reiserei und immer so alleine zu sein.«

Schon wieder glitzert es verräterisch in Amadeas Augen. Mist, denkt Marie, Mitleid ist das Schlimmste, gleich bricht sie wieder in Tränen aus. Jetzt schnell irgendwas sagen.

»Du bist ja vor der Kamera wie ein Chamäleon, total wandelbar.« Marie beobachtet Amadea genau. Hoffentlich funktioniert das Ablenkungsmanöver, denkt sie und spricht hastig weiter.

»Wie machst du das eigentlich, dass du scheinbar problemlos in verschiedene Rollen schlüpfst? Ich meine, heute bist du für uns ein Sonnenmädchen am Strand und morgen für ein Fotoshooting im Studio vielleicht schon wieder ein Supermodel in Haute-Couture-Kleidern. Eine Woche später eine fröhliche, junge Sportlerin für einen Werbespot und dann wieder die Unnahbare mit Zigarettenspitze für eine Zeitschriftenproduktion. Ich stelle mir das wahnsinnig schwierig vor, du hast ja keinen Schalter, den du einfach so umlegen kannst. Hattest du mal Schauspielunterricht, oder bist du ein Naturtalent?«

Amadea schnäuzt einmal in das Taschentuch von Marie und atmet tief durch. »Ich stell mir einfach vor, ich wäre eine andere. Ich bin nicht Amadea. Ich bin dann wirklich nicht ich, sondern eine ganz andere Frau. Das macht Spaß, ich mache das wirklich gern, man muss ganz fest daran glauben, dass man eine andere ist, sonst funktioniert es nicht.«

»Eine ganz andere Frau muss man sein, sonst funktioniert es nicht«, wiederholt Marie nachdenklich.

Zehn Minuten später holt Marie das Verschönerungsteam für Amadea in den Wohnwagen, das Make-up wird aufgetragen, die Haare werden bearbeitet, Augentropfen in die geröteten Augen geträufelt, und die ganze Zeit über plaudert Marie mit Amadea, als wären sie die besten Freundinnen und würden sich schon ewig kennen. Als Marie und Amadea aus dem Wohnwagen steigen, richten sich alle Blicke auf das lächelnde Sonnenmädchen Amadea, das liebreizend aussieht wie immer. Nur Bo schaut zu Marie, zu Marie in ihrem weißen Kleid.

Walter Stein guckt auf die Uhr. »Wir haben noch ungefähr drei Stunden gutes Licht«, sagt er. »Wir haben keine Zeit mehr zu verlieren.«

»Ich will einen Flirt!«, sagt Marie.

Alle drehen sich zu ihr, fragende Blicke.

»Einen Flirt zwischen Amadea und der Kamera«, erklärt Marie.

»Was meinst du genau?«, fragt Bo.

Es fällt Marie schwer, sich zu konzentrieren, wenn Bo sie so direkt anschaut, sie muss sich jetzt zusammenreißen.

»Sie soll mit uns spielen«, sagt Marie, »uns bezaubern und zwar so, als wüsste sie nicht, was sie da tut, aber in ihren Augen sieht man, dass sie sehr wohl weiß, wie verführerisch sie wirkt.«

Bo nickt nun.

»Probiere doch noch ein paar andere Kamerawinkel«, sagt Marie, »auch mal von unten, auch mal das Gesicht nicht komplett im Bild, nur angeschnitten, und einige Details, die winzigen Sommersprossen auf ihrer Nase, der lachende Mund und immer wieder zurück zu den Augen.«

»Gefällt mir«, sagt der große Walter Stein, diesmal sogar direkt zu Marie. »Aber ich will das mit viel Bewegung, mit Action, ja? Nicht nur gucken, sondern herumrennen, verrückt sein, alles rauslassen.«

»Gut, kein Problem«, sagt Bo.

Von weitem beobachtet Marie, wie Walter Stein, Bo und Amadea die Szene besprechen. Amadea stellt einige Fragen, lacht zwischendurch, lacht Bo an und dreht sich hin und her, als würde sie bereits üben, sich in die Stimmung bringen, um zu verführen als die andere Amadea, die gleich wieder die Hauptdarstellerin an diesem Strand sein wird.

»Und – Action!«, ruft Walter Stein.

Bo hat die Kamera auf der Schulter, und Amadea rennt los, Bo mit der Kamera hinterher, ihre Haare wehen ihr ins Gesicht, sie schüttelt sie weg, wirft sie zur Seite, rennt weiter, immer den Blick in die Linse gerichtet und damit direkt in Bos Augen. Das Mädchen lacht jetzt für ihn, denkt Marie, sie neckt ihn, er jagt sie, alle sind fasziniert von diesem Geschehen, beobachten gebannt aus einiger Entfernung die Szenen am Bildschirm, auf den alles, was Bo filmt, direkt per Funk übertragen wird. Laurenz und Marie können gar nicht auf den Regiestühlen sitzen bleiben, während sie das Geschehen auf dem Bildschirm verfolgen, beide stehen neben Walter Stein, fasziniert, gefangen. Ab und zu schaut Marie von dem Bildschirm zu der Szene herüber, die nur ein paar Meter von ihr entfernt entsteht, und doch kommt es ihr vor, als wäre sie ganz weit weg. Jetzt wirbelt Amadea Sand mit den Händen auf, auch Bo geht in die Knie, es sieht aus, als gäbe es jetzt nur noch Amadea und Bo, die beide die Welt um sich herum vergessen haben. Bo liegt nun im Sand, es scheint ihn nicht zu kümmern, ob er sich verletzt oder ob der Sand in seinen Kragen und in seine schwarzen Locken rieselt, Hauptsache, die Kamera bleibt heil, durch die er Amadea sieht, die sich nun im Sand rollt, sich dreht und wendet, in die Kamera lacht, wieder und wieder, Bos Kameraauge sucht und ihre Augen funkeln lässt. Es knistert, da gibt es einen Magnetismus zwischen Amadea und Bo, alle halten den Atem an, besonders Marie, die dieses Spiel ja angezettelt hat, das Bo und Amadea spielen, ohne sie, ohne Marie, die jetzt so gerne Amadea wäre, so frei und so jung und schön. Maries Herz krampft sich zusammen, als Bo die Szene beendet, sie schaut hinüber zu den beiden und weiß nicht genau, ob es die andere Amadea ist, die Bo nun anschmachtet, oder die atemlose richtige Amadea.

Flirtet Bo mit dem Model? Es kann Marie völlig egal sein, Bo ist ebenso wie sie selbst verheiratet, lebt irgendwo in der Nähe von Paris, ihre Wege werden sich wahrscheinlich nie wieder kreuzen, morgen schon ist er aus den Augen, vielleicht nicht aus dem Sinn, aber ob er nun mit Amadea flirtet oder nicht, spielt doch eigentlich keine Rolle. Eigentlich.

»Cut!«, ruft Walter Stein laut. »Wir haben es, Leute! Das war's! Super Job, Bo! Die letzten Szenen sind echt großartig, total gelungen! Ich freue mich schon sehr aufs Schneiden!«

Bo grinst Walter zufrieden an wie ein Junge, der gerade das entscheidende Tor geschossen hat. Er ist voller Sand, schüttelt seine Locken und nickt kurz auch Laurenz und Marie zu, bevor er sich seinem Assistenten zuwendet und ihm die Kamera übergibt.

»Dieser Bo ist wirklich ein Wahnsinn!«, sagt Laurenz zu Marie. »Der hat es im Blut.«

Marie steht mit nackten Füßen im Sand. Ja, er hat es im Blut, dieser Bo. Er hat etwas in ihr verdreht, und nun ist sie fast wütend auf Amadea, denn Amadea hat einen Moment, der für Marie kostbar war, entwertet durch ihr öffentliches Liebesspiel vor der Kamera. Marie ist traurig, weil nun alles zu Ende ist, weil eine Welt, die sich eröffnet hat, sich schon wieder verschließt, viel zu früh.

»Heute Abend essen wir alle im Garten des Hotels, wir machen ein großes Abschiedsdinner!«, sagt Laurenz. »Das haben wir uns verdient!«

Ein kleiner Aufschub, denkt Marie.

Im Bus zum Hotel sitzt sie neben Laurenz, der sich mit Amadea unterhält, hinter ihr fachsimpeln Walter Stein und Bo. Marie hört nicht zu, aber sie vernimmt den Klang von Bos Stimme, die ihr tief und warm vorkommt. So könnte ich stundenlang dasitzen, denkt Marie, einfach nur mit geschlossenen Augen Bo sprechen hören, egal, zu wem, allein der Klang ist so angenehm, die Tonlage, die Melodie, wenn er französisch spricht.

Schließlich steigen sie aus, Walter Stein will gleich mit Laurenz in den Garten gehen, um über den Schnitt und das Timing zu sprechen, Amadea will vor dem Essen duschen, genau wie Marie, die den Sand noch zwischen den Zehen spürt. Da sieht sie, wie Bo sie beobachtet mit diesen Augen, die eine Verlängerung der Kamera waren, mit diesen braunen Augen, in denen sie etwas liest, was ihr fremd ist. Er schaut ihr auf den

Mund, dann zu ihrem Ohr und ganz langsam den Hals herunter, die Halsbeuge entlang und bleibt dort ruhen. Marie spürt seine Blicke wie Berührungen auf ihrer Haut, sie will etwas sagen, weiß aber nicht genau, was, und bemerkt, wie sandig er noch ist, eigentlich von Kopf bis Fuß, kein Wunder, wo er sich doch im Sand wälzte, und das immer wieder, bis er die schöne Amadea eingefangen hatte in den sicher umwerfendsten Bildern. Nun ist er sandig, und weil er bei Walter Stein im Haus wohnt und nicht im Hotel, wo jeder eine Dusche hat, muss er das wohl auch bleiben.

Plötzlich purzeln Worte aus Marie: »Ich dusche nur schnell. Wenn du willst, kannst du in einer halben Stunde nachkommen und auch bei mir duschen, du musst dich doch unwohl fühlen mit dem ganzen Sand überall.«

Er reagiert nicht, schaut sie nur an. Was ist da in seinen Augen? Gleichgültigkeit, Erstaunen oder etwa Mitleid? Warum sagt er nichts, warum schüttelt er nicht den Kopf oder nickt oder gibt ihr irgendeine Antwort? Marie hält sich an ihrer großen Tasche fest. Sie nimmt sie in beide Hände, hebt sie vor die Brust, die ganze Riesentasche mit Medikamenten, Schlüsseln, Taschentüchern, Nagellack, Telefon, Geld, Kreditkarten, Kaschmirstola, Pfefferminzbonbons, Block, Kugelschreiber, Ersatzkugelschreiber, Lesebrille und Zahnseide.

Was für ein schrecklicher Moment, denkt Marie, jetzt habe ich mich lächerlich gemacht, was er wohl glaubt, ob er mich wohl für die Mutter der Kompanie hält oder für eine verwirrte Frau mit Sonnenstich? Vielleicht hat er mich auch falsch verstanden, überlegt Marie. Vielleicht glaubt er nun, ich will einen intimen Moment mit ihm. Vielleicht hat er mich aber auch richtig verstanden und weiß, ich will unbedingt einen intimen Moment mit ihm. Aber gesagt hat sie das nicht, sie hat doch nicht sich selbst angeboten, nur die Dusche. Marie hält diese Anspannung, die durch sein Schweigen entsteht, nicht aus, dreht sich um und steigt die Treppe hinauf.

Da hört sie Schritte und ein Lachen unten auf dem Treppenabsatz. Es ist Amadea, sie sagt etwas, Marie kann es nicht verstehen, aber schließlich mischt sich Amadeas helles Lachen mit Bos dunklerem. Marie bleibt oben auf dem Treppenabsatz stehen, verborgen vor den Blicken der anderen, kann einfach nicht weitergehen, lauscht angestrengt.

»Ich habe Zimmer 32«, sagt Amadea nun. »Wir können beide bei mir duschen.«

Alles Weitere sagt sie leiser, zu leise, um bis zu Marie die Treppe hochgetragen zu werden, und wieder dieses Lachen zu zweit, das Marie ausschließt und wie Hohn in ihren Ohren klingt.

Sie merkt, dass Tränen in ihr aufsteigen und dass sie nun ganz schnell verschwinden muss, um sich nicht noch erniedrigter zu fühlen. Was hat sie sich nur dabei gedacht, Bo ihre Dusche vorzuschlagen, wo sie doch genau gesehen hat, dass Amadea während der Filmerei Feuer gefangen hat, Bos Feuer, seine Hitze.

In ihrem Märchenzimmer wirft Marie die Tür hinter sich zu, reißt sich das weiße Kleid herunter, warum musste sie ausgerechnet heute Weiß tragen wie eine Braut, lächerlich, sie geht ins Bad und dreht die Dusche auf. Sie lässt das Wasser einfach an sich herunterlaufen, schlägt die Hände vors Gesicht und wünscht sich nichts sehnlicher, als die letzten zwei Minuten aus ihrem Leben löschen zu können. Aber das geht nicht, gesagt ist gesagt, denkt sie, sie kann ihm später beim Dinner nur ausweichen oder so tun, als wäre alles in Ordnung, als wüsste sie nicht, dass er sich für Amadea entschieden hat, als wäre es ihr egal, was er tut, es ist doch sowieso alles vorbei.

Marie hüllt sich in ein großes Handtuch und schaut in den Spiegel. Ihre nassen Haare tropfen, hinterlassen kleine Rinnsale auf ihren Schultern, die gerade noch von Bo mit den Augen gestreichelt worden sind, jedenfalls hat sie sich das eingebildet, weil ihr wohl ihre Phantasie einen Streich gespielt hat.

Da klopft es plötzlich.

Marie erstarrt.

Es klopft noch einmal.

Da huscht Marie zur Tür und öffnet sie einen Spalt.

Im Halbdunkel erkennt sie Bo.

Schnell öffnet sie die Tür weiter, und er schlüpft lautlos in ihr Zimmer.

Marie kann nicht sprechen, sie zeigt auf das Badezimmer, und Bo geht direkt hinein, während Marie das Handtuch fest über der Brust zusammenhält und ein paar Schritte weg von dem Badezimmer geht. Draußen ist es dunkel geworden, das Zimmer liegt im Dämmerlicht, nur eine Stehlampe hat sie angeknipst, mehr könnte Marie im Moment auch nicht ertragen, weil doch ein Zauber in diesem Zimmer ist und ein Märchen in ihrem Kopf. Da steht sie nun, unschlüssig, und starrt auf ihre Handtasche, als sie aus deren Tiefen das Summen ihres Telefons vernimmt.

Reflexartig greift sie zu der Tasche und weiß, dass sie unmöglich telefonieren kann, und deshalb trägt sie die Tasche hinter den Paravent, stellt sie sanft ab und versucht, nicht mehr zu denken.

Das Wasser rauscht im Badezimmer. Nach ein paar Minuten sind keine Duschgeräusche mehr zu hören, es ist still, und Marie nähert sich der Badezimmertür auf Zehenspitzen, sie will kein Geräusch verursachen. Die Tür ist nur angelehnt, und so tippt sie mit dem Finger vorsichtig dagegen, bis sie sich einen Spalt öffnet. Sie sieht, dass Bo ein Handtuch um die Hüften geschlungen hat und mit einem anderen seine Haare trocken rubbelt. Auf seinem nackten Oberkörper glitzern noch ein paar Wassertropfen, Maries Blicke saugen sich daran fest, sie würde gern jeden einzelnen Tropfen mit den Lippen aufnehmen und muss wohl bei dem Gedanken einen kleinen Laut von sich gegeben haben, denn Bo sieht sie jetzt an, er bewegt sich nicht, schaut ihr nur in die Augen, bis sie alles vergisst, alles, was sie gerade noch im Kopf hatte, und auf ihn zugeht, ganz langsam und vorsichtig, als könnten ein zu schneller Schritt oder ein zu lautes Geräusch alles verändern. Marie stellt sich hinter Bo und berührt ihn mit beiden Händen. Seine Haut ist noch ganz warm vom Wasser und glatt und weich, da legt sie eine Wange auf seinen Rücken, so stehen sie da, er vor ihr, sie verborgen hinter ihm, ewig lange, vielleicht auch nur für fünf Atemzüge.

»Wie soll ich dir nur widerstehen?«, fragt er und dreht sich zu ihr um. Er fragt auf Französisch, aber Marie versteht jedes Wort und weiß trotzdem keine Antwort.

Beide stehen nun ganz dicht voreinander. Für eine Sekunde muss Marie an Amadea denken, die sich in ungewohnten Situationen einfach vorstellt, eine andere zu sein, eine, die etwas macht, was ihr sonst nie in den Sinn käme, in eine Rolle schlüpft, die ihr das erleichtert, in die Rolle der anderen. Da weiß Marie, dass sie das nicht will, eine andere sein, sie will einfach nur Marie sein, und so umarmt sie Bo, den Mann mit den Augen, die sehen, was andere nicht sehen. Ihr Handtuch rutscht an ihrem Leib herunter, nackt steht sie da, eng an ihn geschmiegt. Er küsst ihre Halsbeuge, die er zuvor so genau betrachtet hat, küsst sie Millimeter für Millimeter, bis Marie ihren Kopf hebt und ihre Lippen leicht öffnet, denn nun will sie diese Küsse, alle auf einmal und in diesem Moment. Eng umschlungen küssen sie sich, ausgehungert, aufgeregt, bis Bo Marie hochhebt und sie zu dem großen Bett trägt. Marie klammert sich an ihm fest, an seinen schwarzen Locken, an seinen breiten Schultern, an seinen Hüften, die sich langsam auf und ab bewegen, und es gibt keine Schranken mehr, nur Lust, eine Lust, die Marie schon ganz vergessen hatte oder auch nie vorher erlebt hat. Beide schauen sich an, schließen dann wieder die Augen, lassen sich hineinfallen in einen Rhythmus, geben sich einander hin, ganz ohne Hemmungen und ohne Scham. Maries volle Brüste drücken sich an seine Brust, sie weiß kaum noch, wo sie ist und was passiert, sie weiß nur, dass sie schwebt wie auf einem Teppich in einem orientalischen Traum, wie eine Feder, die im Luftstrom sanft auf und nieder und nach rechts und links driftet. Sie kehrt in ihren Körper zurück, als Bo neben ihr liegt und seine Hände über ihren Busen gleiten lässt, über ihren Bauch und die Schenkel, zärtlich, fast andächtig, langsam und behutsam. Sie haben nur noch ein paar Momente für sich, sie wissen es beide und hinterlassen mit den Fingern Spuren auf der Haut des anderen, unsichtbar und für immer. Als Bo gegangen ist, bleibt Marie noch einen Augenblick ruhig liegen, betrachtet die goldenen Sterne an der Zimmerdecke, steht schließlich vorsichtig auf, als traute sie ihren Füßen nicht, und läuft zum Fenster. Es ist fast Vollmond, das Mondlicht scheint herein und scheint auf ihren nackten Körper, Marie streckt die Arme hoch, so hoch sie nur kann, breitet sie aus, und ihre weiße Haut schimmert wie weißer Alabaster.

Ein letztes Mal schaut sich Marie lächelnd am nächsten Morgen in ihrem verwunschenen Zimmer um, in diesem kleinen

Universum, das Bett als stummer Zeuge einer Unglaublichkeit. Nein, sie will nichts vergessen, sie wird nichts vergessen. Nur eines bleibt noch zu tun, bevor sie geht: Marie öffnet ihre Handtasche, nimmt den hellrosa Nagellack heraus und stellt ihn auf den Nachttisch. Dann schließt sie leise die Tür hinter sich.

Liebe Ideen,
es war wunderschön, Euch in diese Geschichten verwandeln zu dürfen.
Danke!

Lieber Markus Peichl,
du warst und bist Mentor, Motivator, Mutmacher, Denker, Kritiker, Lektor, Herausforderer, Sparringspartner, Wegweiser – und ein sehr guter Freund!
Ohne dich hätte ich wohl keine dieser Geschichten geschrieben.
Mit dir sind sie so geworden, wie sie hier nun stehen.
Danke!

Liebe Birgit Schmitz,
du bist entscheidungsfreudig, ernsthaft und einfühlsam.
Du hast meinen Geschichten eine Heimat gegeben.
Du bist sorgsam mit ihnen umgegangen.
Du bist Balsam für meine Schreiberseele.
Danke!

Liebe Ideen der Zukunft,
kommt vorbei, mein Kopf und mein Herz sind bereit und freuen sich auf euch.
Danke schon im Voraus!